詩 한 모금의 행복

- 시 소리로 삶을 치유하다 -

박영애 시낭송 모음 12집

시음사
시사랑음악사랑

그 어느 해 보다 뜨거웠던 여름, 그것을 식히기라도 하듯 비도 참 많이 퍼부었다. 그와 함께 슬픔과 고통의 소식이 들려지고 지금도 그 속에서 헤어 나오지 못하고 가을의 문턱에서 힘겨운 사투를 벌이는 이들이 있다. 지나간 시간을 다시 되돌릴 수 없고 붙잡을 수 없기에 지금의 삶이 더욱 소중하고 귀하다는 것을 다시 한번 깨달으면서 그 누군가에게 시와 낭송을 통해 조금이나마 따뜻한 위안이 되고, 마음 내려놓고 편하게 쉴 수 있는 매개체 역할을 하고 싶었다. 그래서 2023년에 28인의 명인 명시를 선정해 시와 시낭송으로 "시 한 모금의 행복"이라는 시낭송 모음 12집을 엮게 되었다. "시 한 모금의 행복" 시낭송 모음 시집이 세상을 아름답게 물들이는 디딤돌이 되고, 선선한 가을바람을 타고 곳곳에 행복을 전했으면 하는 바람이다.

"시 한 모금의 행복" 시 소리로 삶을 치유하고 싶은 박영애 시낭송 모음 제12집에 감동과 살아있는 작품으로 함께해 주신 김락호 시인, 김명호 시인, 김정섭 시인, 김정윤 시인, 김혜정 시인, 김희경 시인, 김희영 시인, 박남숙 시인, 박희홍 시인, 백승운 시인, 송근주 시인, 송태봉 시인, 신향숙 시인, 안태현 시인, 염경희 시인, 이만우 시인, 이정원 시인, 전경자 시인, 정대수 시인, 정병윤 시인, 정상화 시인, 정연석 시인, 정찬경 시인, 최윤서 시인, 하은혜 시인, 한정서 시인, 황다연 시인께 감사의 마음을 전한다.
한편 한 편 오랜 시간과 정성을 담아 소리로 쏟아낸 만큼, 시심이 잘 전달되고 고운 향기 되어 많은 독자의 마음에 행복으로 스미길 기원한다.

"시 한 모금의 행복" 박영애 시낭송 모음 제12집이 세상에 빛을 볼 수 있도록 동행해 주신 27인의 시인과 아낌없이 조언으로 함께해 주시는 김락호 이사장님께 감사의 마음을 전한다. 무엇보다 시낭송 모음집 출간 준비하는 기간에 마음으로 응원해 주고, 일에 집중할 수 있도록 시간을 배려해 준 남편과 가족의 아낌없는 사랑이 큰 힘이 되었다. 진심으로 고맙고, 감사하다. 모쪼록 많은 독자가 시 한 모금의 행복을 맛있게 맛보고 음미할 수 있기를 이 가을 행복으로 기대한다.

엮은이 **박영애**

박영애 시인, 시낭송가

대한문학세계 시 부문 등단
현) (사)창작문학예술인협의회 부이사장
현) 대한시낭송가협회 명예회장
현) 대한창작문예대학 지도 교수
현) 시낭송교육 지도 교수
현) 대한문학세계 심사위원
현) 대한문화예술방송 아트티비 '명인명시를 찾아서' MC
현) 조세금융신문 '詩가 있는 아침' 시 소개와 시낭송 연재

<수상>
2010년 오장환 문학제 전국 시낭송대회 대상 및 그 외 다수
2012년 대한문인협회 한국문화예술인상
2014년 대한문인협회 한국문화예술인 대상
2015년 한국문학 올해의 시인상
2016년 대한문인협회 한국문학 예술인금상
2017년 한국문학 예술인 대상
2018년 베스트셀러 1위 선정
2019년 한국문학 문학대상

<시낭송 개인 작품집>
-임세훈 시집 '거울 속의 다른 나' / 시낭송 CD 1집
-이서연 시낭송 CD '시 자연을 읊다' / 시낭송 CD 2집
- '시 소리로 삶을 치유하다' / 시낭송 CD 3집
-장영길 사진과 시 '내 안의 그대 때문에
　　　　　　　　 난 매일 길을 잃는다' /시낭송CD 4집
-황유성 시집 '유성의 노래' /시낭송 CD 5집
- '시 소리로 삶을 치유하다' / 시낭송 CD 6~7집
- '시 마음으로 읽다' / 시낭송 CD 8집
- '명시 언어로 남다' / 시낭송 모음 9집
- 시 염규식 '사랑은 시를 만들고'
　　　　　　　　　 / 시낭송 CD 10집
- '명시 가슴에 스미다' / 시낭송 모음 11집

<공저>
시 마음으로 읽다 엮음
명시 언어로 남다 엮음
명시 가슴에 스미다 엮음
낭송하는 시인들 엮음
2015-2022 명인명시 특선시인선 선정
대한문인협회 대전충청지회 동인지
　"삶이 담긴 드락", "충청의 향기 비단강처럼"
대한창작문예대학 졸업 작품집 "우리들의 여백"
유화에 시의 영혼을 담다
2020 유화로 보는 명인명시선
2021 현대시와 인물 사전

QR코드 스마트폰으로 QR 코드를 스캔하면 시낭송을 감상할 수 있습니다.

본문
시낭송
감상하기

김락호 시인편
시낭송 듣기

김명호 시인편
시낭송 듣기

김정섭 시인편
시낭송 듣기

김정윤 시인편
시낭송 듣기

김혜정 시인편
시낭송 듣기

김희경 시인편
시낭송 듣기

김희영 시인편
시낭송 듣기

박남숙 시인편
시낭송 듣기

박영애 시인편
시낭송 듣기

박희홍 시인편
시낭송 듣기

백승운 시인편
시낭송 듣기

송근주 시인편
시낭송 듣기

송태봉 시인편
시낭송 듣기

신향숙 시인편
시낭송 듣기

안태현 시인편
시낭송 듣기

 염경희 시인편
시낭송 듣기

 이만우 시인편
시낭송 듣기

 이정원 시인편
시낭송 듣기

 전경자 시인편
시낭송 듣기

 정대수 시인편
시낭송 듣기

 정병윤 시인편
시낭송 듣기

 정상화 시인편
시낭송 듣기

 정연석 시인편
시낭송 듣기

 정찬경 시인편
시낭송 듣기

 최윤서 시인편
시낭송 듣기

 하은혜 시인편
시낭송 듣기

 한정서 시인편
시낭송 듣기

 황다연 시인편
시낭송 듣기

 본문 시낭송 모음
시낭송 듣기

목차

·목차·

시인 김락호

내게 당신은 행복입니다 외 4편

(현)(사)창작문학예술인협의회 이사장
(현)대한문인협회 회장
(현)도서출판 시음사 대표
(현)대한문학세계 종합문화 예술잡지 발행인
(현)명인명시를 찾아서 CCA TV 대표
(현)대한창작문예대학 교수
저서 : 시집 <눈먼 벽화>외 10권
소설 <나는 야누스다>
편저 : <인터넷에 꽃 피운 사랑시>외 300여권
명인명시 특선시인선 매년 저자로 발행
시극 <내게 당신은 행복입니다> 원작 및 총감독
<CMB 대전방송 케이블TV 26회 방송)

시집 <시애몽>

내게 당신은 행복입니다 / 김락호

헝클어진 내 삶을 빗질합니다

가슴에 고여 드는 행복 때문에
창문을 활짝 열고 숨을 쉬어야만 합니다

맘속 깊이 맺힌 사랑이 너울져
잔잔한 행복에 눈물 적시며
그 마음 고이 접어 감추고
광인이 되어가듯
헐헐한 웃음을 웃습니다

당신을 향한 바램이 너무 많아
내가 미워질까 봐
가슴 저미며 바라보던 내 눈빛에
당신은 꽃잎에 매달린 이슬방울처럼
초연한 모습으로 다가오십니다

이제는 세상을 향해
입으로 사랑을 노래하고
눈으로 진실을 이야기하며
당신과 함께하는 이 길이 행복입니다.

이별의 진혼곡 / 김락호

간밤 울음소리 슬피 하더니
무엔가
명치끝에 쑤욱 박히더이다

들숨을 가슴에 가두고
날숨을 허공에 토해내는데
그래도 빠지지 않고 채워지기도 없는
허전함과 뻑뻑함의 불완전한 공존이 하늘을 날더이다

먼동이 공기의 냄새에 배어 나오고
열두 자 깊이의 우물곁에
철푸덕 앉아버린 몸뚱어리
괜스레 하늘과 끊어진 두레박만 원망하였더이다

잘 가소
편히 잘 가소
아직은 당신을 갈망하는 내 목소리
답해줄 수 없는 외길이더이다

가슴에 쌓인 한숨은
감은 눈꺼풀 위에 촘촘히 올려 두었다가
이름 없는 먼 곳에 닿걸랑
묵언의 이야기로 풀어버리고
저만치 마중 나온 이
웃음 흘리며 손 내밀거든
기쁘게 두 손 잡고 반겨 가구려

잘 가소
편히 잘 가소.

버리며 얻은 너 / 김락호

천 년을 살아도
일그러진 일상보다는
해 뜨면 해를 바라보고
달 뜨면 달을 바라보고
비가 오면 비에 젖어도 보고
누구나 살아가듯 그렇게
같은 하늘 아래 오랜 세월 함께 숨 쉬며 살아다오

누구를 위해 사는 네가 아닌
나 아닌 나를 위해 살아다오

내 마음속에 들어올 때
시리게 아프고 눈물이 흘렀어도
내 마음에서 나갈 땐
소슬바람처럼 작은 흔들림으로
그렇게 떠나가다오

네가 내 곁에 머무르기 시작할 때
난 이미 너를 버려야만 했다

차라리 스쳐 가는 바람의 인연이었다면
이렇게 쓰린 사랑은 아닐 터인데
가질 수 없기에
찢기는 고통 안고 살아가야 하는 불행
그렇게 널 내 안에 버려두었다

버렸기에
내 가슴에서

영원히 살아 숨 쉬는 너.

보랏빛 사랑 / 김락호

당신은 늘 내 마음속에 감춰놓고
혼자서만 살며시 꺼내 보는
해맑은 꽃잎 같은 사랑입니다

새벽이슬처럼 빛나는 눈동자
첫눈 같은 목소리
가리워진 아름다움으로
별빛 젖은 보랏빛 꽃 속에서도
늘 당신은 미소 짓고 있습니다

문득 이런 생각도 해봅니다

한 아름 사랑에 행복해하면서
당신과 함께 두 손을 꼭 잡고
꽃가루만큼이나 많은 이야기와
빛바랜 사진첩에 숨겨두고 싶은
행복한 추억도 만들어야겠다는
생각을 해봅니다

오늘은 비가 옵니다

하늘엔 별도 없고
달은 어둠이 숨겨 두었지만
틈틈이 피어나는 내 사랑은
당신을 위한 하나의 사랑임을
깨닫게 해주고 있습니다.

비애(悲哀) / 김락호

오늘처럼 비가 오는 날이 좋습니다

마음속 가려진 슬픔을 목 놓아
큰 소리로 울어도 아무도 모릅니다

온통 눈물 섞인 비가
애증의 강을 이루는 이 거리를 걷고 있습니다

복받쳐 오르는 슬픔은 온몸에 전율해 오고
남들의 시선은 아랑곳없이
그저 나 혼자만의 사색 속으로 걸어갑니다

광인이라 손짓해도 내 가슴 속에 감춰 놓은
그대의 사진이 다 해진다 해도 좋습니다

이 순간 표현할 수 있는
모든 감정을 동원해
가장 슬픈 얼굴로
가장 애절한 표정으로
빗속의 거리를 걷고 있습니다

가슴속에 삭혀야 하는 아픔이
통곡이
허공에 매달려 서러운 비가 되어 흘러내립니다.

시인 김명호

이젠 알아요 외 4편

경기 용인 거주
대한문학세계 시 부문 등단
(사)창작문학예술인협의회 회원
대한문인협회 정회원(경기지회)
2023 대한창작문예대학 졸업
문예창작지도자 자격 취득

대한창작문예대학 졸업 작품집
<시로 꾸며진 정원>

이젠 알아요 / 김명호

아무도 모르게
몰래 한 사랑은 아프지 않을 줄 알았습니다

아무리 보고 싶어도
참고 견디는 일이
당신을 위하는 일인 줄 알았습니다

아무 말 하지 않아도
꼭꼭 숨겨둔 마음
당신에게 전해질 줄 알았습니다

모른 척 지나가고
아닌 척 외면해도
당신은 알고 있을 거라 생각했습니다

곁에 있을 수 없다 해도
마음에 두고 간직할 수 있음을
가장 소중한 선물인 줄 알았습니다

한 번 마음에 들어오면
떠날 수도 피할 수 없다는 걸
이제야 알게 되었습니다

스마트폰으로 QR코드를
스캔하면 시낭송을 감상
할 수 있습니다.

15

아픈 사랑 / 김명호

당신은 평생
날 그리워하게 할 사람
그땐 왜 몰랐을까

당신은 평생
날 외로워하게 할 사람
그땐 왜 몰랐을까

당신은 평생
날 서성거리게 할 사람
그땐 왜 몰랐을까

당신은 평생
날 웃게도 울게도
만들 수 있는 그런 사람
그땐 왜 몰랐을까

당신은 평생
날 아리게 할 사람
난 처음부터 알고 있었을지 몰라

아마 이런 것도 사랑일지도
아픈 내 사랑일지도

어쩌면 / 김명호

이번 생에는 만나지 못하고
스쳐 지나갈 인연이었는지도 모르겠습니다

애탄 기다림이 유일한 길이라 여겼기에
만남은 영혼의 약속인 줄 알았습니다

말없이 귀 기울여 주고
차가운 손 보듬어 주던 것이
너무나도 소중한 일이었음을
알게 해 준 당신에게 고맙습니다

나를 나로서 인정해 주고
나답게 살 수 있게 해 준
짧은 시간 깊게 새겨진 기억을
어찌 잊을 수 있겠습니까

겨울이 흰 눈을 그리워하고
꽃이 봄을 다시 찾듯
마지막 인연의 흔적이
퇴색되거나 변형되지 않길 바라봅니다

스마트폰으로 QR코드를
스캔하면 시낭송을 감상
할 수 있습니다

무명 꽃 / 김명호

이슬만 먹는 꽃이라 해도
비바람을 이겨내야 꽃을 피워 낼 수 있고

향기 없는 꽃이라도
가슴에 맺혀 멍울지지 않는 꽃은 없다

홀로 들에 피어난 꽃이라도
외로워 울지 않는 꽃은 없듯이

화려하게 피어난 꽃일지라도
지지 않는 꽃은 없을 것이다

한 떨기 꽃으로 피어난 줄도 모르고
아무도 갖지 못한 향기조차 품은 줄도 모르고

아무도 찾지 않는 들녘에
이름 모를 꽃으로 살아간들 어떨까요

향기 / 김명호

흘어져 스쳐 가는
바람이 아니라
곁에 머물러 스며드는
그런 향기이고 싶다

같지만 질리지 않고
다르지만 싫지 않은
눈 감아도 느낄 수 있는
몸에 밴 향기이고 싶다

잃어버린 이의
가슴에 남아있는 여백처럼
아프고 시리지만
영원히 잊히지 않는
반쪽의 향기이고 싶다

있는 그대로 물들여지고
지워지지 않는 그리움을 닮은
당신의 향기이고 싶다

스마트폰으로 QR코드를
스캔하면 시낭송을 감상
할 수 있습니다.

시인 김정섭

7월의 산책 외 4편

경북 문경시 거주
대한문학세계 시 부문 등단
(사)창작문학예술인협의회 회원
대한문인협회 대구경북지회 정회원
대한창작문예대학 졸업 (2023년)
문예창작지도자 자격 취득

<수상>
2022년 신춘문학상 전국공모전 은상
2022년 짧은 시 짓기 전국공모전 금상
2022년 순우리말 글짓기 전국공모전 은상
2022년 11월 이달의 시인 선정
2022년 한국문학 발전상
2023년 신춘문학상 전국공모전 장려상
금주의 시 선정
대한창작문예대학 졸업 작품 경연대회 금상

<공저>
박영애 시낭송 모음 11집 <명시 가슴에 스미다>
2023 명인명시 특선시인선
대한창작문예대학 졸업 작품집 <시로 꾸며진 정원>

<저서>
시집 <볕이 좋아 걸었다>

시집 <볕이 좋아 걸었다>

7월의 산책 / 김정섭

모든 것을 내어줄 것 같은 무더운 여름
한해의 절반을 넘기고
한 걸음 더 다가선 7월입니다

나뭇잎 짙은 푸르름에
구름도 쉬어가고 싶을 만큼
아름다운 문경새재 당신에게 달려갑니다

울창한 소나무 숲길
계곡의 물소리에 스치는 바람 하나가 되는
목을 축이는 새재의 휴일 선물입니다

시간이 빚어낸 자연 속에서
조곡관에 머무는 하얀 구름은
비경을 펼쳐보고 힘겨운 조령관을 넘어갑니다.

초록의 빗소리 / 김정섭

유리창에 부딪히는 빗방울을
멍하니 바라보다가
문득 초록의 나뭇잎 당신을 바라본다

흐드러지게 핀 들녘의 작은 꽃
그리움의 빗소리에 휩싸인 나의 가슴은
세월의 발길질에 아픔을 놓지 못한다

언제나 초록의 아이콘 당신
담장을 걷고 있는 담쟁이처럼
푸른 언덕의 바람으로 회복의 덫을 놓는다

당신은 언제나 나의 벗
그리고 내 마음속의 반짝이는 별
내 곁에 머무는 아름다운 그리움에
맑은 하늘 바라보며 거친 숨을 다듬어 본다.

오월의 그리움 / 김정섭

신록의 계절 오월
연둣빛 묻어나는 바람 불어와
만개한 아카시아 꽃향기 그윽합니다

아카시아꽃 하얗게 피면
문득 생각나는 사람이 있습니다

고운 햇살 시리도록 그리운 사람
함께한 시간은 추억이 되고
사랑은 그리움 되어 가슴속 언저리에
하얀 아픔의 통증을 느끼게 합니다

오월의 향기에 마주한 눈빛은
당신의 빛바랜 그리움 되어
봄의 끝자락 바람과 마주했나 봅니다

하얀 꽃잎이 흐드러진 맑은 하늘
호숫가 데크길 서성이다
그리움에 멍때릴 때 촉촉해진 이슬은
그렇게 강물 되어 또 흘러가나 봅니다.

동행하는 그리움 / 김정섭

안갯속에 숨은 듯한 기억들
보고 싶다는 조각이 되어
그 사랑의 시간에 들어가 본다

그리움이 사랑이라는 것을
가슴에 새겨 남겨두고
햇살을 감아올린 능소화 당신에게
긴 호흡하는 숨결로 마음을 보낸다

수많은 추억은 별빛으로 물들고
가슴속에 머무는 순간들은
그리움과 사랑으로 촉촉이 젖어 들 때
풀잎 같은 감성으로 詩에 담아본다

초록빛이 짙게 물들어 가는 날
깊어지는 그리움이 동행을 하고
사랑의 향기가 되어
어둠을 밝히는 여명이 내 안에서 인다.

그리움으로 향기 / 김정섭

초록이 짙어가는 오월
추적이며 며칠째 비가 내린다

사랑을 스쳐 간 그리운 빗소리
어두운 시간 하늘도 젖고 마음도 젖어
보고 싶다는 시어 하나 바람을 가른다

유리창에 부딪히는 빗방울 소리
가슴 아픈 그 추억은 그리움 되고
오월의 빗소리 자욱한 안개 속 눈물로 남는다

초록의 숲속 묻어버린 한 조각 그리움
가슴 아리는 그 길을 따라가 본다

당신이 머무는 봄의 끝자락에
가랑비 촉촉이 대지를 적시는 날
고운 꽃잎 스치는 바람 그리운 당신을 찾는다.

시인 김정윤

봄의 태동(胎動) 외 4편

대구미래대학교 졸업
한국방송통신대학고 국어국문학과 졸업

대한문학세계 시 부문 등단
(사) 창작문학예술인협의회 회원
(사) 한국문인협회 회원

2019년 12월 : 한국문학 올해의 시인상
2020년 03월 : 이달의 시인 선정
2021년 12월 : 한국문학 예술인 금상
2022년 06월 : 짧은 시 짓기 전국 공모전 은상
2023년 03월 : 신춘문예 전국 공모전 은상
2023년 06월 : 짧은 시 짓기 전국 공모전 장려상

<저서>
시집 "감자꽃 피는 오월"(2020.04)

시집 <감자꽃 피는 오월>

봄의 태동(胎動) / 김정윤

정월대보름
유난히 밝은 달빛을 흩날리며
기승을 부리던
겨울 한파의 피 묻은 유서를 들고

단숨에 오르기 벅찬 비탈진 산을 넘어
춘풍(春風)이 부는 날
떨고 있던 홍매(紅梅)가 분홍빛 입술을 열고
성급히 꽃망울을 터뜨린다

비가 내린다
이틀 낮 이틀 밤을 지새우며
게으름 피우는 겨울의 하얀 솜이불 같은
잔설을 씻어낸 비

미라처럼 앙상하게 뼈만 남은 몰골에
갈가리 낡은 수피 자락을 걸치고
유령처럼 서 있는
늙은 산밤나무 속살을 적시면

사계절 바람의 삶을 사는 늙은 산밤나무
돌출한 뿌리 근육을 꿈틀거리며
뿌리에서 우듬지까지 춤추듯 봄을 나른다

"이제 봄이 오나 봅니다"
입에서 입으로 이어지는 세상 소리
들썩이는 봄의 태동을 듣는다.

고향(故鄕) / 김정윤

한눈에 들어오지 않는
넓고 넓은 바다
세월의 풍화에 갈라진 돌산
틈새의 고독이
마음속 공허함을 자아내는 섬

조상의 살과 뼈를 묻고
어머니의 혼을 담은 곳
언제 돌아올까
기다림에 얼룩진 투막집 사랑방
까맣게 탈색한 비워둔 자리
유년의 그리움이 묻어나는 곳

가마솥 사랑 찾아
먼 길 돌아와 투막집 벽을 잡고
명치끝에 걸린
세월의 서러움을 토해내는 곳

따뜻한 어머니의 손길이
느껴지는 고향(故鄕) 울릉도.

가로등 / 김정윤

도시의 어두운 골목길
키 크고 잘생긴 얼굴 하나 지키고 서 있는 탓으로
일상에 고단한 걸음들이 안전하게 길을 걷는다

늦은 밤 검은 양심의 불청객이 사라지고
하루살이의 무지 막한 사랑 고백에
밤새 지친 몸

아침에서야 겨우 잠이 들면
늘씬한 종아리에 영역을 표시하려는
동네 누렁이의 뜨거운 배설물 세례에 잠을 설친다

고개 들어 하늘을 볼 수 없는
선천적 장애의 몸으로 세상에 태어나
한평생 고개 숙인 채 살지만

언제나 밝고 환한 얼굴로
어둠 속 세상의 길눈으로 살아가는
너의 헌신적 삶에 뜨거운 성원을 보낸다.

나이 / 김정윤

말기 암 고통을 참아가며
마지막 남은 삶을
비명 속에 보내셨던 아버지의 나이

닫힌 요양병원 철문 앞에서
잃어버린 세월의 환영을 쫓아다니며
먹다 남은 어머니의 나이

아픔으로 먹고 서러움에 먹고
어느새 내 나이 칠순

나도 몰래 삼켜버린 세월
돌아보면 아득히 먼 곳에 홀로 앉아
꾸역꾸역 서글픈 나이를 삼킨다

부모님 간병에 세월 놓쳐버린 아내
나이만큼이나 낡은 화장대 앞에 앉아
지워도 지워도 지워지지 않는
골 깊은 주름과 싸우느라 나이를 먹는다.

겨울나무 / 김정윤

세월의 톱니바퀴에
갈가리 낡은 수피 자락을 훈장처럼 걸치고

속살 파고드는 칼바람에 비틀거리며
달빛에 쓰러진 발가벗은 그림자를 밟고 서서

봄 여름 가을 겨울
피 한 방울 흘리지 않고 떨어져 나간
그 많은 이별을 감내하고

닳아버린 연골 휘어진 팔을 흔들며
마지막 남은 잎새의 이별을 배웅하고 있다

한평생 자식만을 위해 살아온
눈물로 얼룩진 어머니의 삶 같은 인생사를
순리에 순응하는 것이라며 숙명처럼 여기고
삶의 희망으로 찾아올 봄을 기다리며
차디찬 겨울을 버티고 서있다.

시인 김혜정

사랑 별곡 외 4편

2004년 대한문학세계 시 부문 신인문학상 수상
(사)창작문학예술인협의회 부이사장

<저서>
제1시집 "어떤 모퉁이를 돌다"
제2시집 "먼, 그래서 더 먼"
제3시집 "돌아보는 시선 끝에는"

제3시집 <돌아보는 시선 끝에는>

사랑 별곡 / 김혜정

푸르고 깊은 밤
이슬 밟으며 술렁이는 바람의 소리
먼 꿈길에서 들려오는
별의 속삭임인 줄 알았지

희미한 여명이
동녘 하늘에 고요히 스며들고
밝아오는 빛의 재잘거림은
선잠 깬 내 귓가에 쉼 없이
사랑을 노래하라 하는데

몇 날 며칠
마법의 주문을 외우듯
계속되는 별의 속삭임은
무지갯빛 내 사랑을
아름답게 채워 달라는
투정 어린 그대 목소리였어

장미의 향기 / 김혜정

깊숙이 숨겨 둔 비밀을 벗겨내듯
겹겹이 쌓인 붉은 꽃잎을
한 장 한 장 떼어 바람에 날린다

긴 세월 속에 묻어 두었던
가슴 시린 넋두리들이 붉은 영혼이 되어
세상 밖으로 흩어진다

지그시 눈을 감고 추억 속에 젖어 든다
바람에 흩어졌던 붉은 꽃잎들이
차디찬 미련처럼
진한 그리움으로 다시 살아난다

억겁의 세월을 돌고 돌며
활활 타오르는 불꽃으로
삶의 여백을 아름답게 채웠을
그 향기를 떨리는 가슴으로 만져본다.

내 인생의 사계절 앞에서 / 김혜정

가슴 시리도록 붉게 타오르는
핏빛 노을을 손에 쥔 어둠은
적막함으로 별들을 불러 모은다

어디에선가 서늘한 기운으로
내 앞에 다가서는 것
낯설지 않은 그리움의 바람인가

까만 하늘 별들의
광활한 몸짓으로도 달래지 못하는
빛의 처연한 그리움을 그대도 알고 있겠지

내 인생의 사계절이 가리키고 있는
오후 세 시 오십사 분의 초침 소리 들으며
나는 그대 안으로 뚜벅뚜벅 걸어가고 있다.

돌아가고 싶은 날의 풍경 / 김혜정

아득한 꿈길인 양 들려오는
그 옛날
어머니의 물 긷는 소리와
아버지의 쇠죽 쑤는 소리가
웃도는 세월에 야윈 모습으로 남아 있다

별빛이 유난히 밝게 돋는 날
나는 낯선 거리를 걸으며
흐릿하게 떠오르는 추억 속을
타인처럼 기웃거리고
박꽃 같은 하얀 속살을 만지작거린다

물과 구름이 맑아
은하수처럼 빛이 흐르는 마을
가고 없는 시절 속에 피어나
너스레를 떠는 다정한 그리움은
돌아가고 싶은 날의 풍경이다.

눈물꽃 / 김혜정

바람결에 부서져
서로의 아픔 속에 젖어 든 사랑
애틋한 몸짓으로 피어
남은 세월 함께하며 살아가자고
가만가만 멍든 가슴을 어루만집니다

평생 마르지 않을 것 같은 눈물로
허망한 삶을 부여잡은 가슴에 핀 꽃은
사랑의 숨결이 되어 떨림 속에 고개 숙인
여린 어깨를 감싸 안고 고른 숨을 내쉽니다

억겁의 세월을 지나 마주 선 우리
애달픈 몸짓으로 부르는 사랑의 노래
핏빛 노을진 하늘에 슬픔으로 번져도
이제는 낯설지 않은 길에 핀
섦지 않은 꽃이었으면 좋겠습니다

시인 김희경

그치지 않는 비 외 4편

대한문학세계 시 부문 등단
(사)창작문학예술인협회 회원
대한문인협회 부산지회 총무국장

시집 : 바람을 받아쓰기 하다

(공저)
2020 유화로 보는 명시전
박영애 시낭송 8집 '시 마음으로 읽다' 외 다수

시집 <바람을 받아쓰기 하다>

그치지 않는 비 / 김희경

쌔근쌔근 잠들어야 할 밤
눈물 콧물 흘리며 아가 울 때에
밤을 잊은 엄마
업고 달래며 평안만을 기도하듯

울음 그치지 않는 저 비
엄마 등이 필요한가 봐
엄마 자장가가 필요한가 봐
엄마 없어서 저리도 서러운가 봐

대지의 등이라도 되어
비를 업어주고픈 심정
이 밤 손등밖에 내줄 등이 없어
창문 밖에 손등 두고
조근조근 불러보는 노래

자장 자장 우리 아가
잘도 잔다 우리 아가

나에게로 오는 저녁 / 김희경

도달되지 못한 햇살이 배달된 그늘은
한여름 오후 나절 매미 귀와
돌무더기에 핀 개망초 눈이다

힘써 보냈던 도착지가
꽃밭에 사는 그늘은 아니라는 말
매미에게 속바지 자락 밟혀
때아닌 서리의 답신을 듣는다

나를 떠나려 해도
벗어나지 못한 이명
돌 속 아픈 손금 쓰다듬는 개망초 뿌리 앞에
낮이 다 하도록 무릎을 지운다

나는, 남은 나에게 바칠
개망초 뒷모습 욕심껏 꺾어
어스름 저물녘을 주저 없이 열어젖힌다

환한 샛별이 달만 하다

내가 아는 그 낙타 / 김희경

내가 아는 그 낙타
만날 때부터 발톱 마디마디 돌이 박혀 있던 낙타
뒤꿈치 계곡이 피를 쏟아도
닭 울음보다 먼저 새벽을 나서던 낙타

등짐 가득 무겁고 구부정한 길들로
깊은 주름, 슬픈 꽃피운 낙타

걸었던 길 먼저 저편으로 보내고 누운 자리
발에는 차가운 사막의 밤이 차있고
초췌히 웃는 눈에서 흐르는 별빛들

하늘을 닮은 낙타

내 오래전부터
낙타의 눈빛을 한 별을 찾아 헤매었건만
낙타를 타고 있었음에 회오리치는 모래바람

내가 아는 그 낙타

슬픈 눈빛 아려와
눈 감고서 홀로 뇌이는
아버지...

달력 / 김희경

넘기지 못한 달력이 아직도 6월이다
수많은 날들이 얼마나 숨쉬기 답답했을까
뭉텅뭉텅 한 달씩을 넘기니
헐거워진 두어 장의 달력 밖으로
역류하듯 쏟아지는 못 삼킨 하루들
날려보내지 못한 미안한 시간들
뭉클뭉클 살지 못한 날들이 엉켜있는 검불 같다

가을의 어디인데 나는 여태 겨울이었고
달력은 넘기다만 누구의 여름이었겠다
못 박힌 시간이 아직도 푸른 멍으로 매달려 있으니

그해 가을장마에 지리산 단풍이 아팠는지
단풍이 힘든가 보다 하시던 엄마의 독백
나는 엄마랑 보는 단풍이라 좋기만 하다고
뒤돌아서 울먹였던 젖은 기우들...

두어 장 남은 달력도 물들고
야위어가는 세월에는
엄마 태어나신 날, 떠나신 날이 못 박혀 펄럭인다

그러지 말라고 엄마가 보내셨을까
달력 안에서 달려 나오시는 동자승 세분
하얀 고무신 신고
하얀 햇살 속에서 하얗게 웃으신다

종이학 / 김희경

산타와 루돌프가 그저 구설의 전설이란 걸 안다

나무가 종이가 되기까지에 열중한 세월
아무리 가공하고 구기고 씀에 고뇌해도
천 번을 접어도 학이 될 수 없음을 안다

구겨진 꿈을 버려보며
현실에서 해방되기도 했다

구겨진 꿈을 펴보며
과거에서 풀려나기도 했다

꿈을 접으며
미래는 지금을 맡기는 전당포쯤으로 여기게도 되었다

찾아오지 못할 것을 알기라도 하듯
포기를 자유로 받으며 가볍기까지 했다

이제는 학이 아니더라도
학처럼 날 수 있을 듯하다

접어둔 것은 종이가 아니라 내 생이었지만
구겨진 것들은 내 얼굴이기도 하겠지만
나는 무거운 것들이
짐이 되는 것을 아는 이유로
가벼움에 대해 고고하게 구겨질 자신이 생겼기에

버려지는 날
아마도 나라는 학이 될 것이다

루돌프가 코가 아픈 날
산타의 썰매를 끄는 학이 될 수도 있겠다

43

시인 김희영

호숫가에 서면 외 4편

대한문학세계 시, 수필 부문 등단
(사)창작문학예술인협의회 이사
대한문인협회 정회원
짧은 시 짓기 대상 수상
순우리말 시 짓기 대상 수상
한국문학 예술인 대상(대한문인협회) 수상
명인명시 특선시인선 7회 선정
동인지 아름다운 들꽃 외 다수

저서
시간 속에 갇힌 여백

시집 <시간 속에 갇힌 여백>

호숫가에 서면 / 김희영

수면 위에 어리는
얼굴 하나
웃고 서 있다

그 옆에 아침이슬 머금은
초롱꽃도 날 보고
웃고 서 있다

가슴 한가운데
물수제비뜨던
휘파람이 지나간다

오랜 기다림을 위해
호수는 깊은 곳에
꽃씨를 내린다

호숫가에 서면
그리운 것들이
살아서 내게로 돌아온다.

할아버지와 벽시계 / 김희영

생성과 소멸을 가리키는
우리 집 가보 괘종시계
할아버지의 심장을 안고
오늘도 행군한다

시간에 삶을 저장하고
잃어버린 과거와
자애로눈 대화를 나눈다

할아버지의 호통은
괘종으로 마음을 때리고
초침은 평온을 선물한다

쉼 없이 움직이는 소리
부지런한 손때를 안고 사는
할아버지의 심장 벽시계

할아버지의 어제와
나의 오늘이 공존하는
추억을 가슴에 남겨놓는다

카메라와 삼각대 / 김희영

다가갈 수 없다
서 있을 수 도 없다
네가 없는 나는
그저 흔들리는 초점일 뿐이다

어둠을 찍는다
찰나는 빛을 모으고
셔터의 오랜 기다림은
바르르 심장을 떨게 한다

혼자는 불안하고
둘이서는 흔들리고
셋이서 당당하게
웃고 있는 여유
세상을 향해
힘차게 외칠 수 있는 것은
하나 되는 셋의
따뜻한 체온 때문이다

야멸찬 세상에 버려진 삶을
세찬 비바람에 흔들리는 삶을
선명한 빛으로 렌즈에 담는다

홀로 살기엔 벅찬 세상
좌절 안에서
손 잡아 주는 이 있어
힘찬 설레임으로 삶을 끌어 안는다

47

다시 봄 / 김희영

눈 덮인 강 밑으로 흐르는 물도
서산마루에 걸터앉은 햇살도
어둠 속으로 빨려 들어가
꽃도 빛을 잃은 봄입니다

소용돌이치는 소음
발버둥 치는 시간에
하늘빛도 어둠으로 가려
대문을 꼭꼭 걸어 잠그고
문틈으로 싹이 트는 봄

그리움과 기다림 사이에서
희미하게 남겨진 흔적
콘크리트 벽에서도 꽃이 피어나듯
어둠 속에서도 봄은 오고
달빛에 젖은 어둠도
봄빛으로 찾겠지요

찬란하게 시린 봄도
가난한 햇살 한 줄기에
꽃 피우는 봄이 멀지 않았다는 것을
비좁은 틈에서 태어난
민들레꽃을 보며 깨닫습니다.

바람의 소식 / 김희영

올봄도 봄바람은
새싹을 데리고
시골집 앞마당에
환하게 웃으며 서성입니다.

한낮 봄볕이 바람 속에 흐르고
종종걸음 내달리는
노란 병아리도
바람 속에 흐를 때
울타리 개나리꽃들이
일제히 꽃을 피웁니다.

바람의 모습은 눈으로 볼 수 없지만
나뭇잎의 흔들림으로
그 방향은 알 수 있습니다.
사람의 마음 또한 볼 수 없지만
마음의 움직임은 행동으로 드러납니다.

시인 박남숙

아버지의 보물상자 외 4편

대한문학세계 시 부분 등단
대한문인협회 정회원
대한문인협회 운영위원장
대한시낭송협회 정회원
2022년 향토문학 작품경연대회 대상
2023년 짧은 글짓기 은상
2023년 신춘문학상 은상

저서
그리운 것은 사랑이다

시집 <그리운 것은 사랑이다>

아버지의 보물상자 / 박남숙

새들의 재잘거리는 소리가
귓속을 핥고 지나가면
말끔하게 세수한 햇살이
눈부시게 다가와 속살거린다

유월의 아침은 참으로 평화롭다
덥지도 춥지도 않은 적당한 온도
아침을 대신하는 사과 한 입 베어 물고
문득 퍼석한 사과의 떠오르는 상자 하나

아버지 방에는 어머니가 준비해 둔
보물상자가 있었다
이맘때쯤이면 달콤한 사과를 건네시는
아버지의 정겨운 모습이 선명하게 다가와
"막내야" 하고 부르시는 듯하다

보물 상자 안에는
과자며 사탕이며 단팥빵이며
사과가 들어 있었기에 배고프면
아버지 방을 들어가 곤했다

오랜 지병을 앓고 있었던 터라
어머니가 준비한 사랑의 보물상자였다
사과 한입 두입 베어 물고
그리움의 비늘이 유월을 안고 낮달이 차오른다.

토마토 / 박남숙

숨 가쁜 7월이 걸어온다

아침마다 물을 주고
눈을 맞추고 사랑스럽다고
말해주면 방긋 웃는 모습을 보여준다

꽃은 어찌 저리도 이쁜지
노란 꽃잎을 입술에 달고
춤추는 열아홉 소녀처럼
인사하는 너를 보면 그리운 이가 있다

텃밭에 풀 뽑으며
토마토 익어가나 보렴. 하고
말해주시던 어머니 모습이
선명한데 아직도 꽃잎처럼 울렁거린다

세월의 흔적을 지우개로.
지울 수는 없지만 그리움으로
다가오는 당신은 늘 내 안의 행복입니다.

유월의 소묘 / 박남숙

초록의 밑그림을 그린다
황홀했던 꽃들의 향연은
윤곽을 잃어가고
덧칠한 초록 물감이 더 푸르게 번져온다

촉각을 자극하는 바람의 물결
시각을 물고 늘어지는 태양의 손짓
올곧게 하늘만 바라보는 나무들의
합창 소리가 무성하다

폐부에 남겨진 한 줄기 감촉이
메꽃의 줄기를 타고
파르르 떨고 있는 숨결에 포개어 온다

무채색의 마음이 분열하듯
밑바닥을 훑고 지나가는 파문이
거리를 활보하는 어지럼증이
다시 사랑의 횡단보도를 걷고 있다.

추억의 빗방울 / 박남숙

은색 드럼을 치듯이
손바닥을 두드리는 빗줄기를 따라
흘러가 본다

어린 시절 비누향기만으로 행복했던
그 시간을 섞어
친구가 좋았던 그 시절 별들처럼
수다를 떨었던 그곳으로 간다

아주 오래된 거리를 걸어와도
귓속을 속삭여 오는
아름다운 단어들이 춤추었던 그곳에
넌 아직도 순수의 소녀로 있었다

삶은 그림자를 따라
순회하는 것인가보다
투명한 커피잔을 바라보며
빗소리로 드럼 치는 오월이
더 가까이 스며온다.

하나뿐인 당신 / 박남숙

코끝을 스치는 아픔이
애절한 몸짓으로 또 한 계절을 끌어안고
진통을 풀어놓고 있다

설익은 백설기처럼 퍼덕거렸던 이끌림에
그대를 만나 울고 웃었던
지나간 시간이 파도처럼 넘실거린다

살점이 터져 피고름이 올라와 봄을 삭혀버려도
버리지 못한 삶의 애착
묵묵히 내 곁에서 흐느끼는
어깨를 감싸 주는 당신이 있기에
강을 건너고 산을 넘고 있나 보다

이 봄 지나면 고통이 희망으로 영글어
생명의 무늬들이 낙동강 줄기를 지나
망망대해 푸른 바다에 일출이 떠오르듯
당당하게 행복의 문을 열고 살아가겠지요.

시인 박영애

내 마음의 폴더 외 4편

대한문학세계 시 부문 등단
문예창작지도자 자격증 취득
시낭송지도자 자격증 취득
현) (사)창작문학예술인협의회 부이사장
전) 대한시낭송가협회 회장
현) 대한시낭송가협회 명예회장
현) 대한창작문예대학 지도 교수
현) 시낭송교육 지도 교수
현) 대한문학세계 심사위원
현) 대한문화예술방송 아트티비
         '명인명시를 찾아서' MC
현) 조세금융신문 '詩가 있는 아침'
         시 소개와 시낭송 연재

<공저>
시 마음으로 읽다 엮음
명시 언어로 남다 엮음
낭송하는 시인들 엮음
2015~2022 명인명시 특선시인선 선정
대한문인협회 대전충청지회 동인지
   "삶이 담긴 뜨락",
   "충청의 향기 비단강처럼" 외 다수

시낭송 모음 11집
<명시 가슴에 스미다>

내 마음의 폴더 / 박영애

내 눈을 깜박일 때마다
그대의 표정을 담는다

그대의 숨소리를 담고
그대의 몸짓을 담고
그대의 마음마저
내 마음 폴더에 저장한다

그대 향한 렌즈에
뿌연 먼지가 내려앉을 때
닦아도 닦아도 흘러내리는 눈물

폴더에 담긴 그대를
비워보지만
삭제되지 않는 기억의 공간

내 마음의 렌즈는
오직 그대만을 향해
고정되어 있다.

수첩 속에 빛바랜 사진 / 박영애

하얀 이를 드러낸
빛바랜 추억이
세월의 더께에 앉아
꿈을 안고 웃는다

꿈이 있었다
영원한 동심과 함께
늙어가고 싶은 꿈 하나와
복음 사역을 하고 싶은 소녀

마흔의 언저리에
사진첩의 소녀가 꿈을 안고
거울 속에서 웃는다

유년의 꿈 하나가
현실이 되어 여인의 품속으로 파고든다
내일의 창문을 열고서.

민들레 날다 / 박영애

흰 이불을 덮고 잠자던
노란 꽃잎이 이불 사이로
얼굴을 내밀었다

잠에서 깨어난 자그마한 꽃잎은
노란색 꽃도 되고
하얀 솜사탕도 되다
구름처럼 피어 날린다

솜털처럼 여린 사랑을
하얀 그리움의 사랑으로
바람이 실어 나르면
내 마음도 덩달아
사랑을 실어 나른다.

농부, 까치밥 주다 / 박영애

들판 위에 곱게 펼쳐져
멋스러움을 자랑하던 벼들도
어느새 바닥에 누워 흰옷으로 단장하면
울긋불긋 익어가는 가을은 겨울을 준비한다

감나무는 주렁주렁 달고 있던 청춘을
하나, 둘 세월에 떨구며
덩그러니 까치밥만 남긴 채
갈잎에 옷을 갈아입고
일광욕에 취한 곶감으로 내어준다

농부들의 쉼 없이 움직이는 몸짓 속에
한숨과 웃음이 묻어나는 땀의 열매가 곳간을 채우면
소나무 껍질 같은 농부의 손은 쉬지 않고
누군가를 위해 아궁이에 불을 지핀다.

봄에게 / 박영애

겨우내 숨겨 두었던
사무친 그리움이
연분홍빛 사랑으로 피어납니다

혹여나
임 보고픔에 기다리다 지쳐
꽃이 다 진다해도
임 향한 마음은 연초록빛으로
남겨두겠습니다

그래도 오시지 않는다면
흔들리는 가녀린 마음 꼭 부여잡고
임 그리며 기다리겠습니다

봄은 또다시 오니까요.

시인 박희홍

박·영·애·시·낭·송
모·음·집

재래시장 봄나들이 외 4편

계간지 '대한문학세계'로 등단
(사)창작예술인협의회 정회원
대한 문인협회 정회원
한국문인협회 회원

저서(시집)』
제1시집 쫓기는 여우가 뒤를 돌아보는 이유
제2시집 아따 뭔 일로
제3시집 허허, 참 그렇네
제4시집 문뜩 봄
제5시집 괜찮아 힘내렴

제5시집 <괜찮아 힘내렴>

재래시장 봄나들이 / 박희홍

사람 냄새인지, 음식 냄새인지
울긋불긋한 옷 냄새인지
분간할 수 없는
여러 냄새가 섞여 물씬 풍겨도
파는 사람과 사는 사람의
왁자한 흥정 소리에 묻혀
모두가 덩달아 웃고 웃는다

개운한 욕쟁이 할머니의
좌판에서 찬거리를 사고
입이 심심하여 붕어빵으로
입을 달래고 어르고서
잡화점에 들러 입어보고 들쳐 보는
재미난 눈요기에 시간을 보내다

생선가게에 들러
눈먼 도다리 세 마리를 사니
덤으로 주는 한 움큼의 쑥으로
식구들이 좋아하는
도다리쑥국을 끓여 먹일 생각에
무겁기만 하던 장바구니가
사뿐히 나는 봄 나비 같아라

언짢아도 / 박희홍

새벽에 신문을 배달하는 중년 부부
몇 곳의 아파트에 배달을 끝내고
우체국 옆 건물 층계에 앉아 잠시 숨을 고르며

자판기에서 커피 한잔을 뽑아 온 남편더러
식전 댓바람에 돈 주고 사 마셔야 쓰겠어요
출근하면 직장에서 커피 그냥 마시잖아
당신은 돈 귀한 줄 모른다니까 라는 말에
아무 대꾸도 없이 웃기만 하는 남편

손수레를 끌고 가는 아내 뒤를
따라가며 담배를 피우는데
몸에 좋지 않은 짓은 다 한다며
아이고 못살아 한 달이면
커피와 담뱃값이 족히 십만 원은 넘을 건데
그 돈 가지고 반찬거리 사면 좀 좋아
그래도 묵묵부답으로
아내를 웃으며 지긋이 바라보는 남편

남편을 위하는 마음에서 하는 잔소리
욕지거리 섞이지 않아 좋고
넉넉하지 않은 살림살이지만
서로 말꼬리를 잡지 않아 다툴 일 없는
살갑고 정감이 가는 부부의 알콩달콩함에
덩달아 기분이 좋아져 출근길 발걸음 가벼워라

스마트폰으로 QR코드를
스캔하면 시낭송을 감상
할 수 있습니다.

64

접시꽃 그리움 / 박희홍

초여름날 대문 앞에 서면
달처럼 함빡 웃는 멋을 아는
멋쟁이 여인의 부드러운 음성

빨강 분홍 하얀
삼색 접시 속에서
빙그레 웃으며
잘 지내느냐 묻는 어머니다

어떤 일을 하든 달과 별이 되어
어둠을 물리쳐 줄 것이니
'밤의 꾀꼬리'처럼 인내하며
열정을 다하라는 어머니

더 할 말이 남아 있는 듯
우물에 비친 손짓하는 모습
두레박질에 잔잔하게
흔들리듯 아슴아슴한 얼굴

* 밤의 꾀꼬리 : 나이팅게일이란 새로 밤에 노래하는 모습
　　　　　　 때문에 '밤의 꾀꼬리'라는 별명이 붙음.

심술딱지 바람 / 박희홍

역마살이 발동해
기분 내킨 대로
사방팔방 휘젓고 다니며
온갖 못된 짓을 일삼는다

설마하니 나고 자란 곳마저
배은망덕하게
풍비박산 내진 않겠지

잔인한 짓 못 하게
붙잡아 코뚜레를 꿰어
마음대로 부릴 수 있다면

애간장 태우던
걱정거리가 사라져
안락한 삶을 살 수 있으려나

무지개 다짐 / 박희홍

살고 있던 곳에서
이루지 못한 사랑
꽃과 나비 되어

죽도록
사랑한다는 말은
그대 눈에
눈부처 되어 넌지시 전하고

사무치도록
그리워한다는 말은
심부름꾼 바람 보고
귓가를 맴돌게 하고서

훗날 만날 수 있다는
꿈 초롱을
대롱대롱 하늘에
매달아 두고서

그대 돌아올 날을
손꼽아 가며 기다려 보련다

시인 백승운

접시꽃 사랑 외 4편

현) 알에스오토메이션(주) 전략영업팀 이사 재직
한국문예 제11회 백일장 차하 수상
대한문인협회 2023년 향토문학상 은상 수상
제1시집 "가슴을 열고 심장을 훔치다" 출간
대한문인협회 2022년 순우리말 경연대회 장려상
시와창작 2020년 문학상 및 2021년 특별 문학상 수상
2019년, 2021년 지하철 승강장 안전문 게시용 시 공모전 당선
제54회 한국문예작가회 한국문예 시 문학대상 수상
대한문인협회 2021년 3월 이달의 시인 선정
대한문인협회 2021년 신춘문학상 공모전 금상 수상
시와창작 2020년 문학상 및 2021년 특별 문학상 수상
대한문인협회 2020년, 21년, 22년 명인명시 특선시인선 선정
2019년 위대한 한국인 대상 수상
대한문인협회 2019년 올해의 시인상 수상
종합문예지 시와창작 사무총장, 사회자
한국문예 작가회 감사, 사회자
대한문인협회 서울지회 사무국장

시집 <가슴을 열고 심장을 훔치다>

접시꽃 사랑 / 백승운

바람에 흔들리는 마음
살포시 담겨
빨갛게 피워낸 먹먹한 사랑이여

그대를 사랑하는 마음이야
어디엔들 담을 수 있다면

그대 향한 그리움
줄줄이 하늘로 서서
담고 담아 사랑이라 펼쳐봅니다

시간이 지나
그대를 사랑하는 마음
모진 세상에 지워지고 희미해져도

당신을 사랑하는 마음
한뼘 한뼘 키워 꼭 품는다면
당신을 만나는 기회
다시 찾아오겠지요

문밖에서 접시꽃이
빨갛게 웃으며
사랑이란 마음이라며
맞장구를 칩니다.

69

동백꽃 지다 / 백승운

봄바람에 육신이
무너지고 있다

심장은 요동을 치고
숨이 턱까지 차올라
금방이라도 피를 토하며
쓰러질 것 같다

떠나보내는 아쉬움
돌아서 눈물짓고
그렇게 애통함에
저리 붉게 물들었으리

걸음도 멈춰서고
마음도 멈춰서고
그림자도 주저앉아
핏빛 그리움에 울었다.

당신의 빈자리 / 백승운

그녀는 새로운 세상으로
떠나간다고 흔들리는 마음
버려두고 돌아서 가지만

자꾸만 밟히는 자신의 그림자
멍들어가는 아픔 위에서
눈물 떨구어지고

칼날 같은 바람에 찢어지고
오그라드는 손가락으로
남은 그리움 잘라내

가끔 그렇게 가끔이라도
가다가 떨구지 못한
애정 남았다면 급히 지우지 말고

돌아보고 돌아봐서
이쁘고 아름다운 사랑 많았다고
엷은 미소 흘려주고
그렇게 떠나신다면

오랜 기다림도 행복함으로
당신의 빈자리 비워두겠습니다
나도 행복했기에

깊은 사랑 / 백승운

뿌리가 깊지 않으면
태풍에 쓰러지고
가뭄에 흔들리는 잎처럼
사랑이 깊지 않으면
작은 서운함에도
흔들리며 멀어지는 것

나무와 건물같이
옮겨지고 세워지는 기간이
생명을 좌우하지만

사랑은 기간이 아닌
믿음의 깊이와
사랑의 진실함이니

내 곁에 있는 사람
뿌리 깊어 흔들리지 않는 사랑
그런 깊은사랑입니다.

6월 하늘가에 / 백승운

6월 하늘가에
꽃 중의 꽃이라는 장미 향
온 들판을 가득 채워
핏빛 향으로 타오르고

작약꽃 흔들리며
울음으로 떨구는 눈물
젊음이 쓰러져 간 들판에
밤꽃 향기처럼
선혈이 낭자한데

그리움과 보고 싶음
주머니 속에 잠재우고
못 다이룬 꿈
머리맡에서 빌어주는
개망초 흐드러졌건만

아직도 산천에 넘쳐나는
숭고한 의지의 넋이여
거룩한 투지의
젊은 혼불이여

돌아오지 못한 아들
가슴에 묻고
6월 하늘에 두 손 모은
이름 없는 영웅들의
어머님 어머님.

시인 송근주

기력 외 4편

대한문학세계 시 부문 등단
(사)창작문학예술인협의회 회원
대한문인협회 서울지회 정회원

<저서>
제1시집 " 그냥 야인 "출간
제2시집 " 뭔 말이야 "출간
제3시집 " 살아 있다 "출간
제4시집 " 움직여라 "출간

제4시집 <움직여라>

기력 / 송근주

힘이 부쳐 남아 있는 힘이 없어
기력이 딸려 남아있는 기력이 없어

몸이 말을 안 들어
몸이 내 몸 같지 않아

몸이 나의 뜻대로 말을 듣지 않아
힘이 딸려 내 뜻과 달리

기력이 자꾸 약해져 가고 있어
몸은 내 뜻을 거스르고 있고
점점 힘이 빠져

먹고 먹는 것은 잘 먹고
싸고 싸는 것은 잘 싸고
자고 자는 것은 잘 자고

기억을 보관하려 들지 않으면
스트레스를 받지 않으니
기력이 보충될까?

스마트폰으로 QR코드를
스캔하면 시낭송을 감상
할 수 있습니다.

75

마음의 짐 / 송근주

마음의 짐을 지고 가면 부담스러워
물질적인 짐은 갚을 수 있지만
마음이라는 짐은 되돌릴 수도
보답할 수도 없는 거 같아

무거워 보이는 마음의 짐을
그 무게감을 마음은 알 거야
내 영혼을 누르고 있기에 그렇다고
뒷걸음질을 못 하는 마음의 짐
무겁다고 물러설 수 없게 하는 거야

영혼의 무게감이 나를 누르는 거야
그래도 이겨 내야 해
영혼을 향한 나의 몸부림을
벗어던져야 하는 거야
아주 멀리 던져 버려야 해

그런데 가까운데 떨어지지
마음의 짐은 멀리 던지려 해도
멀리 가지 못해
항상 내 안에 머물러 있어
이게 마음의 짐이야

허무맹랑한 말 / 송근주

무시로 다가오는 세월의 늪에서
어디에 있는지 알 수 없는
사연을 말하고 있다

수다를 떨다 쓰러져도 좋을 만큼
의미를 담아야 할 뜻 있는
세월을 낚고 싶다

세월을 탓하기도 하고
늙어감에 슬퍼지기도 하지만
희망만큼은 놓고 싶지 않다

그대와 사는 법 / 송근주

그대와 사는 법을 알아차렸다면
지금의 생을 살아오지 않았을 거라고
후회하는 삶을 말하지 않았을 거라고
슬픔을 귓전에 머물게 하지 않았을 거라고
웅얼거리는 말이 튀어나오지 않았을 거라고

눈물은 나지 않고
그저 시선을 잃고 콧물 범벅되었다

바람을 마주하는 뺨과
시큰거리는 콧날과 붉게 물든 눈
그대와 살아가는 법을 알게 되어
계절을 부둥켜안아 보니
그대와 사는 법을 알게 됐다

바람이 불고 세찬 비 몰아쳐도
폭설이 하늘을 덮어도 함께해 주니
언제나 고마웠다

같이 살고 있다는
함께 살아가고 있다는
가족으로 살면서 식구로 밥 먹었다

이제 같이 함께 할 수 없는 현실이
눈 뜨고 있어도 그대는 보이지 않고
그리움으로 남은 사랑이
그대와 사는 법이 됐다

이불 밖이 무서워 / 송근주

방에 꼼짝 안하고 있지
왜냐고 물어봐
내가 말할 거 같아
세상이 무서워라고 말하지

말 안 한다며 말하고 있어
말은 내 마음에게 해
누구도 알아들을 수 없다는 거야
나만 알고 있는 비밀의 말
세상과 담을 쌓고 살고 싶어

왜냐고 물어봐
세상이 무서워
왜 무서운지
또 물어봐
내 마음에게 말을 해

담이 너무 높으니까
금 수저, 은 수저, 흙 수저
담이 너무 높아
가진 사람, 없는 사람도 무서웁고
불행한 사람도 무서워

방에서 먹고, 자고, 귀찮아서 굶고
방에서 나오지 않으려 하지
이불 밖이 무서워

시인 송태봉

내 친구 외 4편

서울 거주
관세사 (주)거보&(주)돈키호테 대표
대한문학세계 시 부문 등단
(사)창작문학예술인협의회 회원
대한문인협회 정회원(서울지회)
2021 한국문학 올해의 시인상 수상
'詩 자연에 걸리다.' 특별초대 시인 시화 선정 (2022,2023)
2023 명인명시 특선시인선 선정
박영애 시낭송 모음 11집 '명시 가슴에 스미다' 공저

2023 명인명시 특선시인선

내 친구 / 송태봉

생각이 난다
지금 생각하면 아무렇지 않은 일로도
웃고 화내고 슬퍼하던 그때가

생각이 난다
숲속의 옹달샘처럼 맑은 너의 눈동자가
언제나 주위를 환하게 했던 너의 미소가
높지도 낮지도 않으면서
다른 이의 마음을 쓰다듬던 너의 목소리가

어려운 이에게 먼저 손을 내밀었고
외로운 누군가에게는 먼저 다가가
위로를 건네던 내 친구가 생각이 난다

무거운 삶의 무게를 묵묵히 견디고
또 한 발짝을 내디뎠을 너의 듬직한 뒷모습이
생각이 난다

빵과 장미 / 송태봉

어제는 시린 북새바람이 불어
여린 가지 울먹이게 하더니
오늘은 소나기 별빛을 비추어
기쁨으로 가슴을 설레게 합니다

계절 모르고 피어난 샛노란 꽃잎
짙푸른 바다와 어울린 상앗빛 지붕은
인생이란 도화지 속에 자리한
오늘의 색깔입니다

다시 오지 않을 그래서
그 무엇과도 바꿀 수 없는 소중한 이 시간

어질러진 어제에 기쁨으로 저항하며
나의 생의 마지막 날에
오늘을 돌이켜 미소 지을 수 있도록
한껏 품에 안아봅니다

사부곡 / 송태봉

또 기억의 한 페이지가 지워져 나갑니다

애써 아린 마음을 달래보지만
허허로움과 함께 찾아오는 아쉬움은
어찌하지 못합니다

웃음으로 위장하고
과장된 몸짓으로 감춰보지만
눈가에 멍울진 눈물 속에 담긴 그리움을
저는 보았습니다

기억 속의 그분은 항상 넉넉하고
여유롭고 다정하셨으며
끝내 미더운 새끼 걱정으로
자신의 온 삶을 지내셨습니다

60여 년의 시간을 함께했건만
어제처럼 오롯이 기억하는 그녀에게는
그래도 부족합니다

언젠가 찾아올 뿐인 이별일 테고
준비해 본들 소용없는 순간이겠지만
사무치게 보고 싶은 이 순간
아프고 아프고 또 아픕니다

비익조의 기쁨 / 송태봉

반쪽의 날개와 심장을 가진 새
그래서 홀로는 어찌할 수 없던 새

이제 드디어
나머지 반쪽을 찾아내어
서로의 심장을 맞춥니다

나머지 반쪽의 날개를 얻어
하나 된 희망을 좇아 힘찬 날갯짓을 시작합니다

누렇고 거친 땅을 박차고
저 푸르른 창공으로 날아오를 것입니다

온전한 심장의 힘찬 고동을 느끼며
더 높고 더 넓은 미래를 꿈꿀 것입니다

가을 수채화 / 송태봉

가을이란 도화지에 수채화를 그립니다

파란 하늘과 흰색 구름에
울긋불긋 단풍잎은 물감이 되고
황금빛 벼 이삭은 붓이 되어
바람이 전하는 이야기를
가을이란 도화지에 채워봅니다

따뜻한 햇살 아래 고추를 말리는 어머니
공깃밥 그릇보다 조금 큰 앞산 자락에 올라
도토리를 줍는 아버지
마당에 주렁주렁 대추 열매
그리고 그 곁에서 맴도는 고추잠자리

가을의 도화지는 잔잔함입니다

울 밑에 부끄럽게 핀 과꽃
싸리문 밖 발치에 걸리는 코스모스
아기 동산 어깨 녘에
바지런히 겨울을 준비하는 다람쥐

가을의 도화지는 풍성함입니다

새벽 들녘 들려오는 풀벌레 소리와
햇살 머금은 억새풀 사락대는 낮
귀뚜라미 우는 밤

가을의 도화지는 그리움입니다

85

시인 신향숙

그리움 외 4편

대한문학세계 시 부문 등단
(사)창작문학예술인협의회 회원
대한문인협회 인천지회 정회원
대한창작문예대학 졸업
문예창작지도자 자격 취득
대한창작문예대학 졸업 작품 경연대회 동상 수상

<공저>
문학이 꽃핀다 (문학이 꽃핀다 동인문집)
시로 꾸며진 정원 (대한창작문예대학 졸업 작품집)

대한창작문예대학 졸업 작품집
<시로 꾸며진 정원>

그리움 / 신향숙

아카시아 향기
설레게 하던 봄도
산허리 오동나무 연보라 꽃도
내 마음속 여백을 채우지 못하고

간다는 말도 없이
갑자기 떠난 사랑하는
너를 붙잡지 못한 한으로
시간이 갈수록 가슴앓이만 더한다

남은 우리는 그대로인데
떠난 너를 애타게 불러봐도
돌아오는 건 허무한 메아리뿐
가슴속 깊은 골에 갇힌 너

완두콩밭 끝자락
작은 터 아담한 농막에
보고싶은 너를 내마음 속 여백에
한가득히 채운다.

비상 / 신향숙

너와의 아름다운 이별을 위해
무지개 뜨는 날에도
달무리 고운 독야 에도
수많은 별을 헤고 또 헤었다

소나무 아래 하늬바람 벗 삼아
빨강 주머니 금가락지 채우려
비와 벗하고 태풍과 열애를 했다

나의 희망의 등대도 되어 주었고
나리 고목 아래 기쁨도 되어 주었다

동거가 시작된 후
나는 너를 떠나 비상하려고
별난 노력을 다 해보았다

밤새 울어대는 부엉이처럼
별빛 흘러 모인 은하수처럼
무던히도 너는 나를 짝사랑 하였다

날개야 커져라 멀리 날아갈 수 있도록
포기하지 않고 꿈을 이룬 나는 이제
잔잔한 호수 속으로 너를 보낸다.

옛이야기 / 신향숙

어느 곳에서 시작됐을까?
지평선 아래 고이 숨어있다
장맛비 친구삼아 볏단 싣고 파도는 찾아왔다

조개들의 밀어와 소라들의 소곤거림
바다는 온통
하얀 물거품이 되었다

해당화 곱게 피워 열매를 맺게 하고
부엌 아궁이 나뭇간까지
황발게 실어 날라온 파도

보름달 뜨면 만조는 둑을 넘어
넘실넘실 자유를 갈망하듯
쉼 없이 하얀 물보라를 일으킨다

바위를 쓸어안고
석산의 돌 틈에 쉬어가려고
갈매기 벗 삼아 지친 행보 잠시 내려놓는다.

결혼 선물 / 신향숙

겨울 찬 서리 매섭던 날
내 곁을 떠난 초롱이는
숲속을 지나 그 여인의 품에서
행복했을까

똑딱똑딱 잠결에도
들리는 듯 그리운 소리
내 사랑을 가져간
싸늘한 달빛 같은 여인아

그러지 말지
세월 지나도 가슴에 남아있는
벽에 걸려있었던
까만 눈동자

가락동 시장에 굴 팔러 간
용이는 간데없고
결혼 선물 초롱이만
싸늘한 달빛 따라 사라졌구나.

아직 내가 부를 노래가 있어 / 신향숙

가로수 은행잎이
노란 개나리꽃 빛으로 물들던 날
내 사랑은 덧없이 빛을 잃고
아름답던 모습은 검게 타버려
조각조각 사라진다

내 인생 낙엽 속에 묻혀 사라진다 해도
내가 다시 부를 노래가 있어
가슴속에 남아있는 너를 향한
애처로운 사랑의 눈물이 고여있다

흰 눈이 흩날리듯 벚꽃 함박 피던 날
창가에 새어드는 연둣빛 잎사귀 보며
초점 없는 눈 깜박이던
당신의 그 아련함에 가슴앓이한다

가슴속에 남아있는 너를 향한 애절함
못다 한 사랑이 눈물 되어
내가 다시 부를 노래로
밤하늘 은하수 되어 내게 흐른다.

91

시인 안태현

침묵 속에 허울 외 4편

대한문학세계 시 부문 등단
(사)창작문학예술인협의회 회원
대한문인협회 경기지회 정회원
좋은 시 선정

<공저>
2021 현대시와 인물 사전
문학 어울림 동인 시집 <어울림2>

2021 현대시와 인물 사전

침묵 속에 허울 / 안태현

허울 속에 빠져 든다

말이 없다
입을 굳게 닫고
조용히 흐르는 노래를 듣는다

희미한 불꽃이
바람에 흔들리고
어디선가 날아 온
새의 지저귐 속으로 파고든다

고독 孤獨)을 묻는 이에게
고독(孤獨)에 젖는 그에게
고독(孤獨)으로 흐느끼는 노래로

달빛조차도 말 없는 고요로
구름에 묻혀 가는 빛에 잠식(蠶食)되고

어느새 다가온 파랑새의 춤은
너울너울 공간을 타고 흐른다

거기에 허수아비 하나 세워 놓고는
생각에 잠기는 그리움의 나래
밤은 어딘가 숨어 있는 빛을 찾아 나서고
어울려 춤의 곡예(曲藝)로 허공을 배회(徘徊)한다.

어느 흐린 날에 추억 / 안태현

널브러진 창들 사이에
찾아온 시선(視線)
얼굴 얼굴들이 사시나무 떨듯 떨고 있다

쓰라린 곤혹(困惑)의 날들이
엮어가는 처절함에
발길 돌리고 마는 창 속에 형상들이
거목(巨木) 구름이 가로막음에
그마저도 사라진다

아련하다
별의 흐느낌으로 수를 놓던
아련한 기억이 생채기로 남아
저미는 가슴의 호소로 숨을 토한다

형틀에 갇힌 그 순간이여!
순간의 짓궂음이여!

시간의 레일 위 절규(絕叫)로 가득 찬
공간을 사로잡고는
허우적대는 나의 모상(模像)이
바람에 이는 그곳에 청하는 기도로
나부끼는 잎들의 노래로 별을 센다

그리고
그리고는
마음은 비상하는 조나단의 날개가 된다.

별을 세어야지 / 안태현

별을 세어야지
수많은 넋이 어우러져
들려오는 빛들의 소담을 들어 봐야지

별을 세어야지
그을진 눈 속으로 들어와
퍼지는 아름다움으로
빛을 발(發)하겠지

그리고
그 빛으로 사는 모든 사람을 사랑해야지

마음 여려 아픔에 우는 이들에게
마음 겨운 추억으로
가슴 패인 이들에게
따뜻한 살아 모아 보듬어 주면서
마음 고갯길에서 겪는 고통 보듬어
살포시 감싸 안아야지

그리고
그리고는
별을 세어야지
저 별을 보면서 감사의 기도록
눈물의 기도로.

품속 어머니 / 안태현

마음 안에 돛단배 하나 띄워 놓았구려

순항(順航)에 바람 실어
펄럭이는 풍어기(豊漁旗)
풍향기(豊向旗) 맘껏 돌아도
숨 토하는 곳곳마다
자리 자리를 놓았구려

오는 길 언제일까 마는
마음에 단 모닥불 하나
따뜻한 온기로 숨 토하는 곳곳마다
애절한 기원 하나
돛달고 술렁술렁 잘도 가는구나!

여기가 어디냐고 묻지도 말고
그냥 그냥 절로 절로 가는 길에 달 속 이야기로

품속 어머니
살뜰한 미소로 꿈 핀 듯 화사(化絲)한 모습으로

별빛 방향 잡아 노 저음이
줄줄 흐르는 땀 속에
꿈 잡은 꿈속 이야기로

어느새 다가온 새벽에 등댓불 속
날아드는 불나방이 되었구려
품속 어머니여!

떠 있는 영혼의 빛 / 안태현

허공에 매어 달린 듯
떠 있는 영롱(玲瓏)함으로
그렇게 빚은 시야(視野)를 가득 메웠다

어쩌다 유성을 떨구어
포물선(抛物線)을 긋지만
그도 획을 긋는 아름다움에 정화(淨化)라

그렇게 밤의 열매는 열매를 더하여
한없는 마음, 마음자리를 찾아 나선다

세상은 봄의 향연(饗宴)
리듬, 리듬을, 너울, 너울 넘어
그렇게 바라 왔던
고운 곡조(曲調)로 새들을 불러왔다
벌, 나비도

거기에 외로운 꾀꼬리의 울음
거기엔 소쩍새의 귀환(歸還)
그렇게 모두를 안고는
밤하늘은 등대들을 불러 놓은 듯
길, 길을 타고 길을 나선다

항해(航海)의 일로(一路)로.

박·영·애·시·낭·송
모·음·집

시인 염경희

내리사랑 외 4편

아호 인향 (仁香)
경기 파주 출생, 이천 거주
대한문학세계 시, 수필 부문 등단
(사)창작문학예술인협의회 회원
대한문인협회 경기지회 정회원
(사)한국문인협회, 이천시 청미문학정회원
대한창작문예대학 졸업, 문예창작지도자 자격 취득

〈수상〉
한국교육개발원 전국대회 수필부문 장려상(2회)
2021년 올해의 시인상
2022년 6월 이달의 시인
        시니어 매일 신문 6월의 시인 선정
2022년 짧은 '詩' 짓기 전국 공모전 은상
        순우리말 글짓기 전국 공모전 장려상
        한국문학 발전상
2023년 신춘문학상 전국 공모전 장려상
        짧은 '詩' 짓기 전국 공모전 동상
대한창작문예대학 졸업 작품 경연대회 은상

〈저서〉
시집 '별을 따다'

시집 <별을 따다>

내리사랑 / 염경희

나지막한 불경에
합장하고 머리 조아린다
굽은 허리에 찔뚝거리며 촛불 밝히고
삼배하는 모습이 눈물겹다

꼬깃꼬깃한 쌈짓돈 곱게 펴 불전으로 바치고
망가진 몸 바닥에 낮추어
주름진 볼우물을 눈물로 채우며
자식 손자들 안위를 빈다

가녀린 불꽃임에도 불구하고
심지를 태우고 넘치는 촛농은
한 살매 내리사랑이 쌓은 공든 탑 같아
뭉클해진 내심은 이슬 되어 흐른다

여행길에 만난 소나기 / 염경희

세 번째 스무 살을 보내는 날
낮에 떠돌던 구름이
갑작스레 울고 있다

어스름이 깔린 가로등 밑에 앉아
남한강에 피어난 물안개 바라보며
사랑 한잔에 추억을 풀어 마신다

푸르름에 물든 나뭇잎 사이로 비추는
노을빛 햇살이 유난히도 곱고
소나기에 젖어 빛나는 나무와 꽃들처럼
그대와의 사랑은 물안개처럼 피어난다

이만큼 살아오면서 겪은 시련들을
충주호에 가라앉은 달빛에 풀어놓고
여행길을 동반한 소나기가 씻어 준 마음은
온통 행복으로 채워진다.

봄 아씨 / 염경희

.

문풍지 붙여 놓은 듯 꽁꽁 얼어붙어
숨골조차 막혔던 연못가에
봄 아씨 살랑살랑 춤추고
구름 쫓아낸 햇살이 길게 눕는다

귀퉁이부터 살살 녹아
수정처럼 반짝이는 살얼음이
봄날에 뽀얀 속살 드러내고
유혹하는 그미처럼 어찌나 곱고 살가운지

긴 긴 겨울 진구렁 속에서
옴짝달싹 못 한 고통의 시간은
봄 아씨의 달콤한 입맞춤에
봄 눈 녹아내리듯 사르르 풀리고

엄마 젖줄 물고 있다가
하늘이 노랗게 변하는 산고 끝에
맛보는 환희의 만남처럼
자연수의 양분으로 견뎌온 긴긴날에
꽃피고 노래하는 새봄이 왔다

살랑살랑 봄 아씨 춤사위에
겨울잠 자던 수초들이 한들거리고
뻐끔뻐끔 노래하는 금붕어들은
겹겹이 피어나는 꽃담에 벌 나비 불러들인다

가슴에 묻었다 / 염경희

너를 보내고 석삼년
한 번도 찾아갈 수가 없었다

나의 채취 흔적, 차 소리까지
알아듣는 너에게
더는 아픔을 주면 안 되니까

끝까지 책임지리라
같이 살자 약속해 놓고 너를 보낸 죄책감에
편한 잠 잘 수가 없었다

그저 잘 지내기를 바랐는데
가는 길에 잘 간다고
꿈속에 찾아와 소식 줘서 고맙다

봄아 아주 미안해
이별 없는 세상에서
아프지 말고 편히 쉬어라

이제
네가 잠들어 있는 곳에 가서
그리움 털어놓고 실컷 울어 보련다

김치 수제비 / 염경희

모처럼 떠난 여행길에
때아닌 장맛비가 내린다

양철 지붕을 흔드는 빗소리에
어릴 적 고향 안마당에 멍석 깔고
신김치 넣어 끓여 먹던
김치 수제비가 아른거린다

끼니가 되면 부뚜막에 앉아
꾸역꾸역 내뱉는 연기에
눈물 콧물 섞어 만들어 준
엄마의 수제비를 먹고 싶은 밤이다

시원스럽게 내리는 빗줄기에
아득했던 고향의 추억은 어느새
이부자리에 누워 소곤거리고
무거운 눈꺼풀은 스르륵 감긴다

시인 이만우

미루나무 외 4편

대한문인협회 정회원
(사)창작문학예술인협의회 회원
2018년 대한문학세계 시 부문 등단
2018년 신인 문학상 수상
2019년 향토문학작품 경연대회 은상 수상
2019년 한국문학 올해의 시인상 수상
2021년 명인명시 특선시인선 출품
2021년 한국문학 발전상 수상
2022년 특선시인선 출품
2022년 향토문학작품 경연대회 은상 수상
2022년 한국문학 올해의 시인상 수상
2023 신춘문학상 장려상 수상
2023년 짧은 시 짓기 장려상 수상
2023년 향토문학작품 경연대회 은상 수상
<저서>
시집 "그리움이 널 기다리고 있다"

시집 <그리움이 널 기다리고 있다>

미루나무 / 이만우

시골길의 논 가에 길고 높게 늘어서서
까치와 참새들의 놀이터가 되고
그늘은 마을 어르신들의 쉼터였다.

미루나무 꼭대기에 걸려 있는
뭉게구름을 보면서 하늘을
날아 보려고 생각하였다.

곧게 자란 미루나무는 동네에서
가장 높게 자랐던 나무였기에
하늘을 날아다니는 꿈을 그렸다.

지금 그 꿈은 멀어져 갔지만
아직도 언제나 새로운 것을 찾고
만들어 가는 나는 또 어디론가 가고 있다.

서광 / 이만우

시커먼 구름이 멀리서
하늘을 물들이며 무섭게 다가오며
온 세상을 뒤덮어 가고 있다.

지금의 세상을 저 구름이
보여주고 있는 듯이
수많은 일들을 예측하기 어렵다.

진실과 정의가 모두 구름 속에
가려져서 미궁 속을 헤매면서
갈 길을 찾지 못하면서 지나간다.

구름이 지나가면서 밝아지는
세상에서는 진실과 정의는
우리 앞에 나타나게 되는 날이 기대된다.

성벽 / 이만우

아무런 불평도 없이
그저 놓인 자리에서 묵묵히
모두를 위하여 움직이지 않고 있다.

석공의 정에 모난 곳이 깨어지고
반듯하게 다듬어져서
알맞은 자리에 놓인다.

수많은 조각이 모여서
높고 긴 성벽이 만들어져 가며
안전한 생활이 되도록 해준다.

지금도 그 성벽을 보면서
옛 선조들의 지혜와 노력을 생각하고
현재 나를 지켜주는 것이 무엇인지 생각해 본다.

웅덩이 / 이만우

굶주렸던 추운 겨울 어느 날
논 가에 있는 웅덩이의 두꺼운 얼음을
친구들과 깨트리고 물을 퍼낸다.

추위를 이겨내기 위하여
웅덩이로 모여든 붕어, 미꾸라지, 개구리, 가재 등이
여기저기 모여서 보인다.

이리저리 빠져나가려는
물고기들을 서로 잡겠다고 추운 줄도 모르고
얼굴에 진흙을 묻혀가며 바구니를 가득 채웠다.

추억이 깃든 웅덩이는
시간과 장소는 달라도 어린 시절의 추억을
고스란히 남겨주어 미소를 짓게 만들어 준다.

시계초 / 이만우

그대는 언제나 쉬지도 않고
모두를 향하여 빠르거나 느린 대로
그저 세월 따라 흘러가는 것을 알려 준다.

어느 위치든지 모두 다르다 하여도
아무런 불평 없이 할 일을
모두 소화하며 그대로 가기만 한다.

시간의 흐름 속에서 살아 있는 생물들은
그때그때 변화하며 각자의 길을 묵묵히
때로는 생존경쟁을 하며 살아간다.

시계초의 시계는 서로 각각 다르게 피고 지지만
시간의 흐름과 과정은 모두 같이
우리들의 삶과 함께 여정을 떠나고 있다.

시인 이정원

복사꽃 필 무렵 외 4편

경기도 고양시 거주
대한문학세계 시 부분 등단
(사)창작문학예술인협의회 회원
대한문인협회 경기지회 정회원
경기도 물리치료사협회(KPTA) 정회원
<수상>
2022 한국문학 예술인 금상
2021 한국문학 베스트셀러 작가상
2019 대한문학세계 신인문학상
대한문인협회 금주의 시, 좋은 시 선정
2020 유화로 보는 명인명시선 선정
2021 시낭송 모음집 명시 언어로 남다 선정
2022 시낭송 모음집 명시 가슴에 스미다 선정
2021~2023 3년 연속 명인명시 특선시인선 선정
<저서>
시집 "삶의 항로"
<공저>
대한문인협회 경기지회 동인시집 제2집 "달빛 드는 창"
2020 유화로 보는 명인명시선
2021 현대시와 인물 사전
2021 시낭송 모음집 "명시 언어로 남다"
2022 시낭송 모음집 "명시 가슴에 스미다"
2021~2023 명인명시

시집 <삶의 항로>

복사꽃 필 무렵 / 이정원

복사꽃 필 무렵
따사로운 봄 햇살이 쏟아지고
향기에 파묻혀 당신을 바라봅니다.

사월 봄꽃 축제 가운데
붉고 분홍빛 그대는
나의 첫사랑입니다.

야릇하게 벌어진 꽃잎은
젊음과 청춘이 담겨있고
사랑이 여물은 꽃받침에는
속삭이는 비밀이 숨겨져 있습니다.

복숭아 열매가 익을 때면
임과 함께 한 입 두 입 베어 먹으며
행복 가득한 시간 보내고 싶습니다.

기쁨의 통로이자 행복으로 가는 문
봄 내음 물씬 복사꽃
당신을 나의 임이라 고백합니다.

적 목련 / 이정원

아침 햇살 맞으며 수줍은 미소로
나무에서 피어오른 적 목련
아침 마실길에 너의 모습이
참으로 아름답구나

고귀하고 숭고한 자태로
보랏빛으로 타오르는 적 목련

일과를 마치고
고단한 육신으로 퇴근하는 길목에서
날 기쁘게 하는구나

하늘에서 내리는 단비를 맞으며
적색의 옷을 벗고
이제 푸른 잎사귀로
고운 세상을 맞이하렴

너의 찬란했던 봄날
잊지 않고 기억해 줄게
내년에도 고운 모습으로 다시 만나자.

분홍 낮 달맞이꽃 / 이정원

무언의 사랑 꽃말로
사랑을 건네는 낮 달맞이꽃
말없이 물끄러미
분홍 낮 달맞이꽃이 피었네

그리도 밤이 무서울까
깜깜한 밤이 아닌
대낮에 꽃잎을 피고
세상을 구경하는구나

비록 그대가
초라하고 남루하게 보일지언정
분홍빛으로 수놓은 수줍은 소녀 같구나
아름답고 좋은 세상 맘껏 둘러보렴

우연이 아닌 필연의 만남일까
말이 없어도 침묵으로 느낄 수 있어
지금처럼 언제나 곁에 머물러 주오
나의 분홍 낮 달맞이꽃이여.

십자가를 바라보며 / 이정원

십자가 보혈 흘리신 예수 그리스도
고난의 예표 깊이 묵상하며
주님을 생각합니다

자기 십자가를 지고
나를 따르라 말씀하신 예수님
일희일비하는 일상 속에
십자가를 바라보며 기도합니다

매 순간 성령의 불이 뜨겁게 타올라
주님의 임재 가운데
신실한 약속 기다립니다

절망과 좌절 가운데
우리가 주를 보았노라 고백하며
부활의 기쁨 전합니다

오늘도 십자가를 바라보며
주님만 의지합니다.

천국에서 만나요 아버지 / 이정원

이 세상 소풍을 끝내고
요단강 건너 영혼의 안식처
하늘나라로 가신 아버지 영혼을 애도합니다.

입관식 예배 시간에
천국문에 도착한 존안으로 고이 잠든 아버지
아버지 선한 미소처럼 아버지 인생 여정 따라
불효자는 아버지의 길을 뒤 따라갑니다.

아버지 천국에서 만나요
다시 뵐 때까지
애틋한 마음이 깃든 '사랑합니다' '고맙습니다'
갈급하게 아버지를 불러봅니다.

생명의 말씀 책에 기록된 아버지
끝내 이승에서 못다 한 마음 추스르시고
부디 저 천국에서는 편히 쉬시기를 기도합니다.

아버지를 그리며 끝내 울음보를 터뜨리는 불효자
마지막으로 진심 어린 마음을
사랑하는 아버지께 전합니다.

스마트폰으로 QR코드를
스캔하면 시낭송을 감상
할 수 있습니다.

시인 전경자

사랑했던 날 외 4편

대한문학세계 시, 수필 부문 등단
(사)창작문학예술인협의회 회원
대한문인협회 경기지회 정회원
대한창착문예대 졸업 2023
문예창작지도자 자격 취득

대한문인협회 주관
　한국문학 올해의 작품상 2021
　한국문학 예술인 금상 2022
　짧은 글짓기 공모전 금상 2023
대한문인협회 경기지회 향토문학상 동상 2023
대한창작문예대학 졸업 작품 경연대회 동상

<저서>
제1시집 <꿈꾸는 DNA>
제2시집 <황혼에 키우는 꿈>

제2시집 <황혼에 키우는 꿈>

사랑했던 날 / 전경자

보고 싶다는 그때의 행복했던 시간
무심한 시선이지만
그 도도한 모습
눈웃음 속에 이별이라 하네요

방긋 웃는 눈웃음 속에 머무르고 싶었는데
당신이 품어내는 향기 속에서
써 내려가는 당신의 이야기

허락 없이 쓰겠습니다
보고 싶었다고
사랑했었다고 쓰겠습니다

당신이 없는 지금, 이 순간
사랑했던 기억을 따뜻한 가슴으로 채웁니다.

황혼에 키우는 꿈 / 전경자

마음의 깊이는 얼마나 될까?
생각의 깊이는 또 얼마나 될까?
사랑을 향해 가는 그 마음은 어디까지가 끝일까?

채워지지 않는 허전함에
간절한 꿈과 희망을 더하기하고
때로는 사랑을 더하고 빼면서
점점 커지는 꿈을 향해 몸부림치는 나는
언제쯤이면 만족할 수 있을까?

하면 할수록 갈급함이 느껴지기도 하지만
그런 부족한 나여도 괜찮아
오늘보다 내일에 나를 위해
말라가는 나무에 물을 주고
꽃 피기를 염원할 뿐이다.

시간 / 전경자

홀연히도 쏟아 버린 바람이
휘감고 있는 이 산자락에
날 머무르게 했던 시간

뜨거운 태양 아래 애절한 사랑가
너를 사랑한 울음소리
이제는 찾지도 않는다

부서진 퍼즐 조각에
꽃비가 가슴을 적시고
잃어버린 영혼
그 사랑 기억도 거미줄에 안긴다

몸부림치는 소리가
시간에 맞추어
아무렇지 않은 듯 흐른다.

어머니 / 전경자

새벽의 신선한 맑은 공기 마시며
하늘에 고한 그대의 마지막 인사
달콤한 약속을 하고
무지개 꿈을 만들어 놓고 떠나간 그녀의 꽃길

사랑만 남겨두고 간 그 사람 하얀 눈비가 되어
내가 누구였는지도 모를 어느 잊힌 세월 속에
이름 석 자 짙은 눈썹 하얀 얼굴
가끔 화장을 고치는 평범한 여인의 절절한 사연

사랑을 잃어버린 공작새의 하얀 깃털
삼십 촉 백열등 아래 놓아버린 꿈같았던 원칙
날카로운 가시를 숨긴 짝사랑의 향기를 내려놓고
먼지처럼 연기처럼 사라지는
너를 안고 흉내만 내고 살아낸 서툰 삶

해 질 녘에 잃어버린 어제와 새로운 오늘은
또 새로운 내일을 준비하러 가고 있는
나를 보듬어 안아주는 희망이다.

두 번째 꿈 꽃으로 피었다 / 전경자

소심한 자존심을 흔들어 놓은 꿈
물거품이 되어버린 꿈
기다리다가 똥이 되어버린 꿈
괜찮지만 괜찮지 않은 꿈

상처투성이 꼬마가
달빛 아래서 때로는 별빛 속에
넣어두었던 꿈에 주문을 건다

하고 싶은 일들
보고 싶은 것들
수많은 장벽 시련은
쇼윈도 속에 마네킹이 되어간다

버겁게 했던 바보스러운 지난날들
식어간 꿈을 꾸며 열정이 가득했던 날
꿈을 눈물로 지우던 소녀에게
뜨거운 열정이 그녀를 춤추게 했다

산산이 부서진 꿈에 꽃이 피었다
멀어져 간 꿈
어느 하늘 아래 물보라로 젖어 드는 숨결 안에서
첫걸음을 옮긴다.

121

시인 **정대수**

운명 외 4편

대한문학세계 시, 수필 부문 등단
(사)창작문학예술인협의회 회원
대한문인협회 경기지회 정회원
대한창작문예대학 졸업
문예창작지도자 가격 취득

대한창작문예대학 졸업 작품 경연대회 동상

<공저>
경기지회 동인문집 제2집 <달빛 드는 창>

경기지회 동인문집 제2집
<달빛 드는 창>

운명 / 정대수

어두운 골목길
가로등에 기대어 서 있는
너를 보게 된 것은 운명 같았다

보일 듯 말 듯 한
작은 모양이 초라해
길을 다니던 사람들도
너를 무시했나 보다

무거운 마음 달래기 위해 가던 길
발걸음을 돌리게 한 것은
찬 바람을 맞고 서 있는 너의 처지가
나와 흡사하여서다

소임을 다했음에도
이유도 모른 채 버려진 너와 마주한 순간
허전했던 벽이 채워지고
아무일 없었다는 듯
분침과 시침 사이에 하루를 열고 닫는다.

동거 / 정대수

앙증맞고 아담한 모양이 내 마음을 사로잡아
우연한 동거는 시작되었다

보고 또 보며
만지고 또 만지며 느껴지는 새로움과 즐거움
어디를 가든지
무엇을 하든지
항상 내 옆에 붙어 있게 되었다

공간을 밀고 끌어당겨 연출되는 마성의 세계에 이끌려
타들어 가는 목마름은 더욱 갈급해지고
구도를 따라 터지는 짧은 셔터 소리는
전율로 숨이 멎는 듯 가슴 뛰게 했다

가뭇없이 사라지는 피사체를 쫓다가
세월에 밀려 볼품없어졌지만
그 흔적은 내 삶에 고스란히 남아있다.

환승 / 정대수

달큼한 아카시아 꽃향기 따라
산길을 오르는데
찔레꽃 활짝 얼굴 내밀어
옆길로 환승하게 했다

개나리, 진달래, 철쭉꽃은
오월 바람에 밀려나고
찔레꽃, 아카시아꽃, 붓꽃이 환승하여
텃세를 부리는 중이다

코 평수 넓히고 들이쉬는 바람은
답답한 마음을 쓰다듬고
전등불에 갇혀 침침했던 눈은
밝은 햇살로 환승하니
푸르른 세상이 다가와 포근하게 안긴다

망초대 뜯어 나물 반찬 할까
쑥 뜯어 국을 끓일까
길가에 찔레 한 가닥 베어 무니
입안 가득 전해지는 상큼함에
내 마음도 맑음으로 환승되었다.

춤을 춘다 / 정대수

나무에서 떨어진 나뭇잎 하나
허공에 몸을 날려
살랑살랑 춤을 춘다

음악도 짝도 없이
속살 비치는 바랜 옷 나풀거리며
왔다 갔다 저리도 잘 출까

바람도 잠시 쉬어가는 언덕
새들은 전망 좋은 나무 꼭대기에 앉아
혼신의 춤사위를 펼치는 나뭇잎을 본다

햇살 반가운 늦가을
낙엽처럼 덩실덩실 춤을 추면서
세상 시름 언덕에 부려 놓고 길을 간다

악보 없는 연주 / 정대수

전철 문이 열리면 연주는 시작된다
분과 초를 다투는 시간대
구름처럼 몰렸다 흩어지며
쏟아내는 소리는
질서와 배려로 만드는 합주다

환승역 계단을 오색으로 덮은 연주자들은
열차 도착 알림음에
까만 머리 하얀 머리 휘날리며 절정을 이루고
철마다 뭉근하게 발을 감싸온 악기는
한 박자 쉬어간다

주역의 꿈과 연연을 담은
가지가지 모양의 악기는
차갑고 미끈한 바닥을 누비고
내일의 태양을 바라보며
악보 없는 연주는 계속된다.

시인 정병윤

낡은 구두 외 4편

서울 거주
대한문학세계 시, 수필 부문 등단
대한문인협회 정회원
(사)창작문학예술인협의회 회원
대한창작문예대학 졸업
문예창작지도자 자격 취득

대한창작문예대학 졸업 작품 경연대회 은상

<공저>
2022 명인명시 특선시인선
설렌 감성으로 가울문

대한창작문예대학 졸업 작품집
<시로 꾸며진 정원>

낡은 구두 / 정병윤

발걸음을 옮길 때마다
태엽 감던 9년 9개월
해를 바꾸면서 걷고 있다

많이도 걸어서 절룩거렸던 다리
헛도는 시간이 찾아올 때마다
가죽만 남은 황소 울음이 들린다

발걸음 소리를 쓸었던 시간 뒤로
퉁퉁 부은 발을 벗는 밤
닳고 닳은 구멍 사이로 황소가 운다

소처럼 일한 삶
시간의 마디마다 엉킨 하루를 푸는데
내일 수선으로 빛날 아침놀을 기다린다

소리 없이 목을 뺀 아침
끊임없이 돌아가는 시곗바늘이
묵은 연가를 부른다.

솔향에 꿈이 자란다 / 정병윤

마음 반쪽에 키워온 꿈
설 땅이 그리울 때
동산에 나무를 심었다

층층이 보이는 소나무에
눈부신 아침이
명주실을 지어 다리를 놓는다

심장에 돌 던진 낯섦에
허리 자른 산은 계곡을 만들어
기억의 조각들까지 흘린다

솔잎 침으로 멍든 혈을 뚫고
산새와 소통의 길마저
피리 부는 노을이다

잎 말라가는 계절을 만나도
한결같은 푸른 꿈들이
솔잎에 와 앉는다

등 굽은 소나무를
내 인생인 양 바라보며
휘파람 불어 본다

입안에 구르는 노래 / 정병윤

내 오랜 지인
잠을 버려가며 사랑하고
잠을 쫓던 날 몸살 앓았다

자정의 문턱 귓속에 박힌
뱃속 노래에 바람이 일어
솔잎 같은 눈썹 아래 눈물 방울방울 산다

움켜쥔 아픔이 내 가슴을 때려도
스미는 마디마다 꿈이 자라
둥지를 그렸다

비바람 몰아친 뒤
언덕 위 쌍무지개에 핀
두 송이 장미를 안았다

머물던 살점 떨어져 나간 자리에
금강송으로 집을 짓고
별과 달을 길쌈해서 새벽을 노래한다

하늘의 눈물에 갇힌 날 / 정병윤

계속해서 내리는 초여름 비
물웅덩이를 팔 때마다
삶의 소리 리듬감으로 공생한다

여름 낮을 깨우던 생각은
비 마디마다 눈물방울을 만들면서
갉아먹다 남은 생각을 또 뿌린다

비에 젖은 자귀나무꽃이
셀 수 없는 것들을 움켜쥔 채
아픈 기억 틈새를 찾아다닌다

만지지 못하는 욕망 속으로
빈틈을 채워나가더니
거울처럼 빛나는 나르시스

내 목덜미를 지나가던 눈물들의
절실한 기도에도 체면을 잃고
한 걸음도 떼지 못한다

존재하는 모든 것에 귀를 닫자
탯줄같이 질긴 인연이 저절로 찾아와
눈치 없는 눈물이 옷깃 적신다

깡통 울음소리 / 정병윤

사지 못해 빌린 공간은
슬픈 깡통이다

누군가의 집 귀를 열면
가족의 웃음이 달려오는데
경매에 매달린 긴 시간에 머리를 싸맨다

절벽 난간에 선 가족
집 안을 채운 통증이
눈에 모래알을 굴린다

배 속에 노랫소리 옥타브를 올려도
등 눕힐 공간 있음에
감사한 날들이었다

숨죽이고 내디딘 걸음
바람 소리도 들을 수 없는데
뻥튀기 소리에
애꿎은 깡통만 발로 찬다

시인 정상화

박·영·애·시·낭·송
모·음·집

삶은 꽃이다 외 4편

아호 : 봄결
울산 울주 배내골 출생
시인, 수필가
전) 부산 한샘학원 강사(국어)
대한문학세계 시 부문 등단
대한문인협회 울산지회장
(사)창작문학예술인협의회 회원
<수상>
2016년 한국문학 베스트셀러 작가상
2017,2018,2019,2020,2021 명인명시 특선시인선 선정
2017 한국문학 우수 작품상
2018 한국문학 올해의 최우수 작품상
2019 한국문학 예술인 금상
이달의 시인, 금주의 시, 좋은 시, 낭송시 선정
2021년 한국문학 올해의 작품상
2022년 한국문학 예술인 대상
<저서>
제1시집 "스스로 피어짐이 아름다운 것을"
제2시집 "산다는 것은 한 편의 詩"
제3시집 "그러하더라도 사랑해야지"
제4시집 "아름다운 인연을 만나는 것은"
제5시집 "곱게 물들었으면"

제5시집 <곱게 물들었으면>

삶은 꽃이다 / 정상화

봄이 핀다
보이지 않는 땅의 울림
생명들은 누구도 대신할 수 없는
나만의 길을 걷는다

비틀거리기도 웃기도 하면서
뒤돌아보지도 않고
오지 않는 내일을 가불하지도 않고
현실에 몸을 던진다

사랑하고 이별하고
웃기도 울기도 하면서
여름 지고 가을 익으면
길을 멈춘다

세월은 지고
길 끝에 서서 모든 걸 내려놓고
선 자리에서 꽃답게 살았다고
웃으며 흔적을 지운다

또, 한 생명이 잉태하고
피고 지고... 그렇게

봄비 내리는 날에 / 정상화

쏟아지는 그리움
가슴을 뚫고 온몸 적십니다

휘몰아치는 바람에
그리움 실어 당신 가슴으로
보냅니다

아니,
온몸 비를 맞으며
당신 곁으로 달려가 쌓인 그리움
꺼내달라 떼쓰고 싶습니다

봄비 맞으며
써레질하시던 아부지
오늘따라 당신의 젖은 모습이
아파옵니다

천정만 바라보시는 어무이
가끔씩 당신을 찾습니다
아부지, 꿈에 한 번 오시지요
내리는 비에 눈물 숨깁니다

가슴에 흐르는 봄 / 정상화

삽짝 밖이 시끄럽다
우리 싸워도 미워하지 말자

서운함 쌓여 다투고
서로 다른 생각으로 욕할지라도
막장 드라마는 쓰지 말자

부대끼며 살다가
숨 막히고 답답해 미치는 순간도
큰마음으로 적선(積善)하자

좋은 세상 살면서 억지 동행으로
쓸데없는 감정 소모 말고 자신에게 솔직하자

봄 여름 가을 겨울 변화의
샐쭉거림에도 피고 지는 꽃을
곱게 바라보며 웃자

보리밭의 속내 / 정상화

겨울비에 보리밭 훌쩍이며
울고 있네
눈물 속에 비친 그림자

가난한 유전자로 태어나
가난과 함께한 보리
까칠하지만 딴딴한 속내

끈질긴 생명력
추운 시련 고통을 밟고
숨 막히는 더위 속에 결실을
토해내는 보리

꽁보리 도시락이 부끄러
꽁보리가 미웠고
배부른 자의 멸시가 싫어
꽁보리가 싫었던 순간

예나 지금이나
한순간도 변함없이
꿋꿋하게 지켜가는 자존심
해맑은 영혼의 보리밥

참으로, 겸손하신 몸
허리춤에 힘주어 빗물을 빼니
보리밭 푸른 미소 짓고
농심은 봄을 기다린다

시골 할매의 하루 / 정상화

한 뼘 겨울 해
신불산으로 빠져들고
마늘밭 풀 뽑는 등 굽은 할매
유모차에 호미를 싣는다

바퀴 움직이니
얼어버린 뼈마디가 뿌지직
제 자리 찾는 소리가
슬픈 음악처럼 밭고랑에 깔리고

기우뚱거리다 넘어진 유모차
실수로 뽑힌 풋마늘은 억울한 머리를 흔들며
할매 얼굴을 걱정스런 눈빛으로 바라보는데

인적 없는 시골길
죽을힘을 다해 밀고 밀어
한참 만에야 바로 선 유모차
주름진 얼굴에 흐르는 땀

골목길로 멀어지는 할매 뒷모습에
잃어버린 입맛 돋울
풋마늘 향긋한 저녁상 미소가 피어오른다

시인 정연석

의암호의 가을 외 4편

강원도 횡성 출생
원주고등학교
청주대학교 행정학과
연세대학교 공학대학원 (공학석사)
한국교통대학교 박사과정 (경영학) 수료

(직장 생활)
경력 : 정보통신부, 우정사업본부, 우정공무원교육원,
　　　 총괄우체국장 (충주, 대전, 부평, 남인천, 평택, 서울강서)
현직 : ㈜ 포스토피아 부사장

(시인 활동)
대한문인협회 시인 등단 (2021)
대한문인협회 베스트셀러상 수상 (2022)
대한문인협회(서울지회) 향토문학상(동상) 수상(2022)
대한문인협회(서울지회) 향토문학상(은상) 수상(2023)
대한문인협회 순우리말 시 짓기 (장려상) 수상(2023)

(저서)
가던길 잠시 멈추고 (수필집, 2017)
아침에 시를 만나는 행복 (시집, 2022)

시집 <아침에 시를 만나는 행복>

의암호의 가을 / 정연석

이른 새벽 의암호(衣岩湖)
물안개 피어 오르면

잠에서 깬 청둥오리
힘찬 자맥질

비상하는 물고기
잔잔한 호수를 깨운다

햇빛에 반짝이는 삼악산
호수에 살포시 내려앉고

강변에 소슬바람 불어오니
버드나무 춤사위 곱다

산에는 울긋 불긋
단풍이 곱게 물들고

남으로 향하는 기러기들
힘찬 날개짓

아름다운 의암호에
가을이 익어간다

※ 자맥질 : 물속에서 팔다리를 놀리며 떴다 잠겼다 하는 짓

스마트폰으로 QR코드를
스캔하면 시낭송을 감상
할 수 있습니다.

141

첫사랑 / 정연석

사랑한다는 말을 남발(濫發)하면
지조(志操)가 없지만

사랑한다는 말을 들으면
기쁘고 행복합니다

아름다운 소녀의 앳된 얼굴
해맑게 웃던 미소 예쁜데

어쩔 수 없이 헤어졌던
마음이 아린 첫사랑을 기억해 봅니다

그 시절로 돌아갈 수 없고
이룰 수 없는 순애보(殉愛譜)지만

마음속 깊이 간직한 진심은
그녀가 기억해 주길 바랍니다

이제는 너무 늦은 후회지만
그 시절 애잔한 마음을 회고(回顧)하면서

설익은 과일 같은 첫사랑을
아름다운 추억으로 남겨두고 싶습니다

어느 멋진 봄날에 / 정연석

햇빛 따스한 봄날에
쓸쓸히 강변을 걸으면

숨어부는 바람소리
공허한 가슴을 흔들고

진달래 곱게 피고
소쩍새 슬피 우니

잊혀진 첫사랑
추억여행 떠나려나

힘든 인생의 굴곡에서
가슴앓이 할 때

행운처럼
살며시 날아온 파랑새

사랑과 행복이 머무는
어느 멋진 봄날에

무심코 걷는 발길을
라일락 향기가 붙잡네

※ 파랑새 : 행복과 행운을 의미하는 새

스마트폰으로 QR코드를
스캔하여 시낭송을 감상
할 수 있습니다.

비가 내리는 날이면 / 정연석

오늘처럼 비가 내리는 날이면
문득 생각나는 사람

비를 맞으며 걷는 나를
우산속으로 끌어준 그 소녀

교복이 젖는다며
우산을 씌워주던 순정(純情)이
오늘따라 그리워집니다

좁은 우산 속에서
서로 살이 닿을까 봐

애써 간격을 두었던
짧고도 긴 시간

버스정류장에서 헤어지며
수줍어 인사도 제대로 못 하고
급하게 버스에 올랐었는데

오늘처럼 비가 내리는 날이면
추억의 그 시절로
시간을 되돌리고 싶습니다

12월을 보내며 / 정연석

거실 벽에 걸려있는
마지막 남은 달력 12월

스산한 바람이
창문을 흔들고 지나갑니다

올해 못다 한 일들이
무겁게 가슴을 누르고

자신감 없는 무대에서
관객의 시선을 피하는 기분

밀린 숙제를 하듯
괜스레 마음이 급해집니다

시간이 충분했는데
너무 여유를 부린 것이 아쉽고

무거운 짐이라면
절반은 내려놓아야 했는데

미루기만 했던 게으름을
뒤늦게 후회합니다

145

시인 정찬경

세월 외 4편

대한문인협회 경기지회 정회원
2017년 대한문인협회 시, 수필 부문 등단
"詩 자연에 걸리다" 시화 전시회 3회 참가
명인명시 특선시인선 출판 3회 참가
부천 콩나물 신문 편집위원

경기지회 동인문집 제2집
<달빛 드는 창>

세월 / 정찬경

여름날 천둥 번개
하늘 찢어지는 소리
냄새도 형상도 없는 네가 무섭다

언제나 빠르게 흘러가는 시간
가르침과 경험
선물을 주는 세월
꽃잎 속에 숨고
술잔 속에 혀를 내밀더니
한강철교 밑에 떠내려간다

내 눈썹 위에 있는 무정한 광음(光陰)
순간순간 삶을 스쳐 지나간다

세월 흘러가도 나는 동심에 머물러 있다.

침묵 / 정찬경

끝없이 흘러가는 시간 속에서
커다란 휴식
자신을 발견하고 받아들인다

조용한 시간 쥐고 명상한다
침묵 속에서 진정성을 느끼고
절제하지 않는 대화는
관계가 허물어진다

숨소리가 작아진다
긴 시간 말없이 죽어간다

무거운 결단이 일으킨다
침묵은 끝이 없다
하지만 그 속에서
새로운 시작을 꿈꾼다.

가을 마중 / 정찬경

매미가 목 터져라 울어대면
설 감 초록 치마 입고
부지런히 익어간다

잠자리 들판 날며
가을 손님을 초대하고
귀뚜라미 밤새 무전을 날린다

빨간 고추 한두 번 말리다 보면
홀연히 떠나갈 금추今秋
가을은 이별의 계절이지만
너나들이 더 깊은 사랑 약속한다.

눈물 / 정찬경

허물어진 진실 앞에서 울고 싶다
조금만 사랑하고 가끔 그리워하자

눈동자 구르는 소리에 놀라
오이꽃 떨어진다

가장 순수한 것이 눈물인데
그리움이 눈물을 훔쳐 간다

순수함의 표현
떨어지는 눈물은 비가 되어 내리고
강물 되어 사라진 길
눈물샘 막혀버렸다.

비상구 / 정찬경

사랑을 밤송이처럼
찢어지게 하지 말아요

붉은 홍시처럼
너무 익게 하지 말아요

건드리면 터지니까요
숨이 막히게 사랑하지 말아요

서로 생각이 다르고
지향하는 목표가 다르고
어제오늘 시간표가 다르니까요

사랑의 비상구를 만들어요
사랑하다 갈등과 이별이
다가오면 탈출할 수 있게요

떫떠름한 땡감
풋밤의 비늘 벗기듯
느긋하게 쉬어 가는
그런 사랑 해요.

시인 최윤서

청풍호 외 4편

경남 진주
대한문학세계 시 부문 등단
(사)창작문학예술인협의회 회원
대한문인협회 경남지회 (현) 사무국장

문학어울림 동인 시집
2020 유화로 보는 명인명시선
명인명시 특선시인선 외 다수

2023 명인명시 특선시인선

청풍호 / 최윤서

찰나에 멈춰
한눈에
집어삼킨 절경

모진 사유로
쓸리고 베인
감내한 고행이
축척된 시간

바위와 나무
자연의 조화로
수용하고 자아낸
위엄이 드높다

세월의 무게에
상응하는
경건함이
강물에 일렁인다

대대손손
찬란한
빛이 되리라.

흘러가서 인생이다 / 최윤서

달무리 진
어둠의 병상
젖을 대로 젖은
심장의 무게가 애처롭다

생사가 걸린 몸부림에
고통의 춤을 추고
순정을 바친 자아는
땅바닥을 뒹군다

연민과 질투
애증이 눈물을 삼키고
짓눌린 마음은
쓰라린 고통을 지켜본다

검은 장막에 가려진
때묻은 진실을
묵언의 수행으로
안고 지켜가리라

하룻길 켜켜이 쌓인
곪아 터진 상처와 흔적들
일상의 시간과 추억은
또 그렇게 흘러간다.

제목을 잃은 시 / 최윤서

말갈기를 휘날리며
초원을 누비는 백마처럼

물살을 가르는
고래의 등줄기처럼

하늘을 비상하는
독수리의 날갯짓처럼

머릿속을 휘젓는
미친 사랑이 뛰어다닌다

지울 수 없고
끊을 수 없는

세상에 하나뿐인
유일한 내 사랑

대체할 수 없는
그리움이 몸부림친다.

목련이 필 때 / 최윤서

순백의 꽃봉오리
꽃잎이 열리는 떨림

찰나에 머문
황홀한 몸짓

은은한 향에
심장이 포실해져

나래를 펼치는
고귀한 생명의 빛

곱기도 하지
순결한 너의 기도

나의 하늘아 / 최윤서

찰랑대는 달빛과
초롱이는 별빛이
꿈의 하늘을 채운 밤

하늘빛 푸른 심장
고장 난 테엽이 되어
밤낮으로 뛰고 또 뛴다

감출수록 배어 나오는
헤아릴 수 없는 사랑
비워도 비울 수 없더라

소나기에 흠씬 젖어도
굵직한 인연의 줄이
끊어지고 잊힐까

못다 한 사랑
영원히 빛나는
밤하늘에 별과 달이 되리라

별과 달과
어둠을 밝히는 태양의 고향
하늘아

157

시인 하은혜

작은 것들 외 4편

대한문학세계 시 부문 등단
(사)창작문학예술인협회 회원
대한문인협회 정회원
대한문인협회 경기지회 정회원
대한문인협회 금주의 시 선정/2019.3.1주, 2022.8.3주
조세금융신문 '詩가 있는 아침' 선정/2022.9.19
대한문인협회 올해의 작품상/2022
대한문인협회 짧은 글짓기 전국대회 장려상/2023
공저/ '2023 명인시선 특선시인선'
저서/ 시집 '더 그리워지다'

시집 <더 그리워지다>

작은 것들 / 하은혜

센 태풍 링링이 오고 있다
웬만한 나뭇가지는 뚝뚝 부러져 나가고
창문도 덜컹덜컹 비명을 지르고
거리의 발걸음들도 놀라서 종종걸음친다

서둘러 집으로 돌아가는 길에
언뜻 눈에 들어온 꽃밭
작은 비비추 꽃잎들이
거센 비바람에 휩쓸릴 듯 흔들리는데
가만히 보니 가녀린 꽃술은 부러지거나
떨어지지 않고 그대로이다

오히려 작은 꽃들은
태풍의 비바람 속에서
더 춤추며 더 피어오른다

위기(危機) 때 크다고 강하고
작다고 약한 것은 아닌가 보다.

*링링: 2019년 발생한 태풍 이름

159

스마트폰으로 QR코드를
스캔하면 시낭송을 감상
할 수 있습니다

모과나무 아래서 / 하은혜

울퉁불퉁
흔들흔들하더니

그 사이로
포로롱 날아오르는
참새 한 마리

고물거리는 발가락으로
노란 모과를 딛고
우뚝 섰다

순간!
뚝
허무하게 떨어져 내리는
모과 하나

여린 참새의 존재감에
경탄(驚歎)하는 어느 가을날의 오후다.

낙엽에 대한 예의 / 하은혜

시들어 내리고
탈락하여 내리고

저마다 품은 사연이
소리 없이 내릴 때
거리는 또 하나의 꽃길로 태어난다

그 속 깊은 아름다움에 반하여
조심조심 비켜서 걷는다
고운 꽃잎에 대한
예의를 표하며...

떨어졌어도

낙엽!
너는 꽃잎이어라.

붉은 꽃 / 하은혜

좋은 계절 다 놔두고

하필 해가 짧은 늦겨울에
추억처럼 찾아간 알람브라 궁전

어느덧 해는 내 마음처럼
서쪽 하늘에 아쉽게 걸려 있다
마치 화려했던 마지막 왕조의 비운을
말해주듯이

비장미(悲壯美) 서린 아름다움은
그만큼의 비극적 운명을
타고나는 것일까?

헤네랄리페 정원의 물방울은
타레가의 연주 선율에
아프게 부서져 내리고

석양빛에 물들어 가는
알람브라의 그 붉은 처연함이란!
곁에 선 나도 붉게 물들어
한동안 그 자리를 떠나지 못했다.

* 알람브라 궁전 : 붉은 꽃, 붉은 성이란 뜻
* 왕조 : 이슬람권의 나스르 왕조

보리밭의 변신 / 하은혜

실은, 오래전부터 아우성치고 있었어
미처 토해내지 못한 이야기들이

그걸 적당히 누르며 살아왔는데…
결국 터지고 말았어

더 이상 누르고만 있을 수 없는
반전이 일어났거든

베로니테형 화산이라고
제때 분출되지 못한 용암(鎔巖)이
땅속에서 벌겋게 굳은 채로
땅을 뚫고 나온 거야

마치 가슴속에 갇혀
아우성치던 시어(詩語)들이
더 이상 참지 못하고
일제히 나비처럼 날아오르듯

사람들은 깜짝 놀랐어
세상에! 이런 일이 있다니
보리밭이 서서히 올라오더니
그 밑에서 용암이 솟아올랐다고.

* 베로니테형 화산 : 북해도의 쇼와 신산

시인 한정서

그대와 나 외 4편

대한문학세계 시, 수필 부문 등단
(사)창작문학예술인협의회 회원
대한문인협회 광주전남지회 정회원
대한창작문예대학 졸업
2021년 한국문학 향토문학상
2022년 짧은 시 짓기 장려상

<공저>
시낭송 모음 시집 <낭송하는 시인들>
광주전남지회 동인문집 <세월을 잉태하여 3집>

광주전남지회 동인문집
<세월을 잉태하여 3집>

그대와 나 / 한정서

내가 가장 사랑하는 사람
늘 그랬듯이 앞으로도 한결같을 사람
에너지를 샘솟게 하는 곁 지기가 있다

밝은 태양처럼 솟아오르는 기운이
솜털같이 포근한 느낌으로 다가오는
인생 최고의 선물 곁 지기가 있다

혼자일 때 좋았던 시절도 있었는데
그 언제부터일까?
지금은 그가 내 곁에 있어 참 좋다

커피와 시럽이 만나 최고의 맛을 내듯
그대와 나, 하나 되어 살아가는 동안
두 손 마주 잡고 행복의 꽃밭을 거닐고 싶다

눈물의 흔적 / 한정서

소리 없이 내 맘 엿보던 불빛
놓쳐버린 순간들을 되돌릴 수 없어
속울음 삼키며 밝히는 춤사위인가!

밝힌 속 흔들거리며 타들어 갈 때
허공을 잡고 허우적거리는 이도
흔들거리는 마음 기꺼이 잡는다

슬픔의 세계에서도 탈출하고
얼룩진 꿈도 다시 꾸어보고
떠난 임 눈물 담아 편지도 쓴다

불사르는 동안
잊은 줄 알았던 첫사랑 심장 소리는
가슴속으로 녹아내리는 듯하다

오래도록 불타오르면 좋으련만
정해진 숙명대로 살다 떠나야 하는
슬픔을 눈물의 흔적으로 남겨본다.

바다 / 한정서

눈을 감으니 검은 바닷가에 보이는 가족
여섯 남매를 부등켜안고 해풍과 맞선 엄마
무거운 삶만 남기고 파도 타고 떠나신 아버지

바닷가 거닐며 낭만적인 사랑을 나누고
별빛 쏟아지는 밤에 모닥불 피우고 앉아
도데의 스테파네트 아가씨처럼 살고 싶었다

허나 거친 바닷가에 덩그마니 남겨진 삶
풍랑이 거세게 일고 실타래처럼 뒤엉켜
바람 잘 날 없는 바다는 속울음만 삼킨다

이 언덕에 오르고 저 언덕도 오르며
쏟아지는 별을 주우려고 쉼 없이 달렸건만
그것은 결코 잡을 수 없는 아지랑이

햇볕 들지 않는 골짜기에 웅크리고 앉아
버거운 삶을 살 때 등댓불이 되어 준 상아탑
진리를 배우고 우정을 나누며 힘을 얻었다

삶의 반환점을 돌아도 힘들지 않는 나
즐거움도 행복도 마음먹기에 달렸으니
해일이 이는 삶일지라도 바다처럼 품으리라

167

천상의 화원 / 한정서

오동도 동백이 선혈을 뿌릴 때쯤
건너편 영취산에는 꽃가지 쓸어안고
애틋한 사랑에 잠 못 이루는 연인들처럼
핏빛 물든 두견화가 사랑을 그리워한다

온 산에 만발한 두견화의 자태는
운무를 두른 천상의 화원에서
신선이 노닐며 타는 비파 소리에 맞춰
춤추는 선녀들의 연분홍 치마 같다

어느새 몰려든 행인들 틈새에 끼어
형형색색 시끌벅적 어우러진 꽃잎에
살짝이 입맞춤하려니 단내 흩뿌리며
입속에 쏙 들어앉는다

상큼한 향기 뿜으며
달려드는 너를 뿌리칠 수 없어
혹여 사라질세라 떨어질세라
내 가슴에 살포시 안고 있으려니
핑크빛 사랑이 물들여진다.

저 끄트머리에서 / 한정서

오롯이 지켜야 할 인연도
멀찌감치 떠나야 할 이별도
할 수 없을 때를 아는지
새삼 여우비 되어 내린다

만신창이 찢긴 몸뚱어리
부여잡을수록 멀어진 소망을
멍하니 바라본 채
돌아서지 못한 눈동자만 휑하다

눈물겹도록 매운 삶도
가난을 탈피한 허물마저도
아스라한 추억이 될까만
생채기를 말려 날아야겠다

그리고 이젠
살포시 놓아야 한다

행복의 나래 펼친
산들거리는 날갯짓만큼
새 희망으로 펄럭거리려면

시인 황다연

초록의 봄 외 3편

창원시 마산 거주

대한문학세계 시 부문 등단
(사)창작문학예술인협의회 회원
대한문인협회 경남지회 정회원
대한문인협회 경남지회 총무국장

수상
2020년 좋은 시 선정
2021년 금주의 시 선정
2021년 현대시와 인물 사전 선정
제13회 순우리말 글짓기 동상
2022년 향토문학 작품 경연대회 금상
2022년 금주의 시 선정
2022년 한국문학 올해의 작품상

<저서>
시집 <때로는 아픔마저 사랑이었다>

<공저>
2020년 시의 씨앗이 움틀 때
2021 현대시와 인물 사전

시집 <때로는 아픔마저 사랑이었다>

초록의 봄 / 황다연

지름길은 없다 하여
에움길 돌아 돌아가는 길
흔들리는 마음 위에
다짐의 꽃씨 싹을 보고도

불현듯 서럽게 우는
바람의 매운맛에 거친 호흡
뒤처지는 느린 속도
타협점을 찾지만 어림없는 일이다

걷다 뛰다 가 다 보면
언젠가는 닿을 길 속도가 뭐라고
한자락 마음 깃에 접어둔 사랑
허기져 배고플 때 요기로 힘내니

망설임 없이 다가와 불 밝힌
확신이란 그 단어
어느 사이 앞장서서 안내자 되고
주춤하던 발걸음은 다시 용기백배

희망의 빛 어깨너머
웃자라 키만 큰 줄 알았던 꿈의 씨앗
허비한 세월 아니라며
초록으로 일어서는 봄이란다

어머니 / 황다연

소담한 국화꽃 향기 너머
가녀린 몸 흔들리며
회오리바람쯤 거뜬히 견디는
개망초 굳은 의지를 닮았던 내 어머니

백 년 해로 다짐을
깃털보다 가볍게 날려 버리고
떠나간 님 그림자에 쌓여
원망과 화해를 반복했을 당신은
얼마나 아팠을까요

만월에 만선 꿈을 건 어부처럼
한때 부풀었던 바램은 흩어지고
휘황찬 달 밝은 밤
홀로 고랭이 논 묘 심으며 눈물을
새참으로 먹었을 당신을 생각합니다

나는 죽어 이다음에 새가 될란다
화장하여 훨훨 뿌려다오
유언처럼 남겼던 그 마음이 현실 되어
저 높은 창공을 자유로이 나는
새가 되셨나요

작지만 태산 같았던 당신은
세상 사는 방법을 몸으로 보여 주신
우리들의 멘토이자
올바른 길잡이였습니다

다음 세상에 다시 만나
엄마가 딸 해라 내가 엄마 할게
제가 그렇게 말할 때면

기약 없는 그 말 믿으셨는지
그리만 된다면야 무슨 원 또 있을라고
다짐하듯 반문하신 그 목소리
귓전에 쟁쟁합니다

어머니 어머니 나의 어머니

스마트폰으로 QR코드를
스캔하면 시낭송을 감상
할 수 있습니다.

파트너 / 황다연

우리가 손잡은 그날
그 순간부터 우리는 하나가 되었습니다

때론 아프다고 말하기 전에
이미 그대의 아픔을 알기에
약해지지 말라고
간절한 기도로 대신합니다

세찬 바람에 그대가 꺾일까
노심초사하는 것은
저 높은 고지를 향해 함께 가야 할
그대는 나의 파트너이기 때문입니다

절절했던 우리의 사연 전설이 되어
후대에 꽃바람이 된다면
아득히 먼 별자리 곁에
함께 할 이웃별이 되겠지요

바람 불어 우울한 날
마음 한쪽을
칼날에 베인 날도 있었지만
말없이 침묵할 수 있었음은
서로에게 보내는 응원의 메시지가
숨어 있었기 때문입니다

우리는 이미
연인보다 더 뜨거운 관계로 맺어진
파트너가 되었기에 어떤 역경도 딛고
야멸차게 꿈을 향해 달려가야 합니다

겨울 이팝나무 / 황다연

계절의 끝까지에 매달려 있는
상념의 그림자가
앗아간 시간 속에 갇혀 있다

혹한의 칼바람이 춤추는 가운데
뒤엉킨 생각들이 묘안을 짠다

된바람 눈바람도 끄떡없이
붉게 채도를 높이는
위풍당당한 남천을 바라보며
비장한 각오로 봄을 그린다

쓰라린 고통 뒤에 따라오는
편안한 안식이
더 따뜻할 거라 믿으며

울긋불긋 남천의 다홍빛 치마와
겨울을 품어 안은 산호알 따위는
별것 아니라는 듯

파란 하늘과
푸르른 초원을 그리며
연초록 잎 사이
하얀 고봉밥을 퍼 담으리라 생각한다

겨울 이팝나무 시린 손끝에
벌써 봄이 들려있다

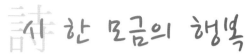

詩 한 모금의 행복

– 시 소리로 삶을 치유하다 –

박영애 시낭송 모음 12집

2023년 9월 25일 초판 1쇄
2023년 9월 26일 발행
지 은 이 : 김락호 김명호 김정섭 김정윤 김혜정 김희경
　　　　　 김희영 박남숙 박영애 박희홍 백승운 송근주
　　　　　 송태봉 신향숙 안태현 염경희 이만우 이정원
　　　　　 전경자 정대수 정병윤 정상화 정연석 정찬경
　　　　　 최윤서 하은혜 한정서 황다연
엮 은 이 : 박영애
디자인 편집 : 이은희
기 획 : 시사랑음악사랑
연 락 처 : 1899-1341
홈페이지 주소 : www.poemmusic.net
E-Mail : poemarts@hanmail.net

정가 : 15,000원
ISBN : 979-11-6284-479-3